Edition : BoD - Books on Demand
12/14 rond-point des Champs Elysées
75008 Paris
Imprimé par BoD – Books on Demand, Norderstedt

ISBN : 978-2-322031849
Dépôt légal : juillet 2013

Erine Hierle

Quelle folie !

Du même auteur :

Cat, Indéfectible paru aux éditions Amalthées en 2012.

Ce n'est pas grave ! paru aux éditions Elzévir en 2013.

À H.ph , D.d, D.jm (qui se reconnaitront !)

Ainsi qu'à toutes les femmes....

Il m'est indispensable de remercier ces personnes qui traversent ma vie et qui sans le vouloir y jouent un rôle très important, ne serait-ce que par un sourire, un mot, une attention qui bouleverse la monotonie du quotidien.

Merci à tous ces gens qui ont échangé avec moi et qui m'ont donné la possibilité d'avoir un œil neuf sur certains sujets ou d'être plus pointue sur certains thèmes, voire qui m'ont, à leur insu, suggéré certains passages de ce livre.

Et merci à tous les lecteurs et lectrices de cet ouvrage. J'espère que ces pamphlets vous plairont, et que le temps que vous allez accorder à la lecture de ces lignes vous paraitra court mais riche en émotions. Merci de m'accorder quelques-unes de vos minutes…

Merci également, pour votre indulgence…

T'inquiète ou la folie du quotidien…

Il parait que la folie dans laquelle évolue une femme moderne, je veux dire une femme de la génération W ou X, n'a rien de grave, que c'est NORMAL !!! Alors T'inquiète….

Pour moi, notre quotidien en tant que femme, est digne des plus vertigineuses épreuves des jeux olympiques…. Alors non je n'admets pas que l'on puisse me dire : « Ce n'est pas grave ! » et je suis sûre que tu vas être d'accord avec moi (si toutefois tu ne l'es pas déjà…!)

Mais qu'est-ce qu'ils en savent si c'est grave ou non ?

Le truc c'est que pour eux ce n'est pas grave ; mais pour moi, ça l'est ! Et si j'estime qu'une situation est perturbante et même étouffante, alors je n'accepte pas de me laisser bâillonner par un « ce n'est pas grave ! ».

Ce n'est pas grave. Que veut dire cette phrase ? Je sais ce que cela signifie ! Ça sous-entend en langage à peine codé : « Je n'ai pas envie d'être embêté(e) avec tes états d'âme, tu m'ennuies avec tes problèmes, tu me pollues ! »

Peut-être, néanmoins cette situation me dérange, voire m'oppresse, et je ne tiens pas à sombrer dans une spirale dépressive pour cause de mutisme. Ou pire encore : Continuer à sourire, occulter mon mal-être, et découvrir à cinquante ans que je n'ai pas vécu !

Si, c'est grave ! Et je vais le hurler. Je veux être prise en considération, je refuse de porter une burka psychologique…

J'ai 33 ans, plus de travail, je suis mère de deux enfants et belle-mère de trois autres. Je ne sais pas si je peux me permettre de dire « belle-mère ».Car l'autre femme liée à ces trois bambins, je veux dire la mère légitime et biologique, n'accepte pas l'idée que je puisse être la belle-mère de SES petits qui la portent aux nues. Et ce malgré un espace agréable et chaleureux créé ici pour eux. Ils ne font que me tolérer, car ils y sont contraints. Pour elle, le seul terme acceptable pour me qualifier est celui de marâtre ! C'est charmant, on se croirait dans Cendrillon ! MA-RA-TRE ! Mais on vit en 2012, on a tous ou presque une ou deux belles-mères ! Et parce que je suis censée être une marâtre, il parait que je suis contrainte de subir les caprices et les méchancetés avérées de cette mère égocentrique !

J'ai perdu mon travail, un emploi que j'adorais, car mon conjoint, le père des trois petits, se trouve être également un employé de cette société pour laquelle je travaillais.

Me voilà donc au chômage, car au sein d'une entreprise il vaut mieux un homme plutôt qu'une femme, même compétente. Et ce parce qu'elle est : Oh crime de lèse-majesté, mère…. De ce fait, elle est sujette à des contraintes horaires plus draconiennes qu'un homme, car notre chère société dite moderne est misogyne !!!

Mais il parait qu'être au chômage et être une marâtre de trois gamins ne me confère que l'option de sourire de toutes mes belles dents blanches, m'octroie le devoir, que dis-je, l'ultime obligation d'encaisser les coups, et surtout la suprême exigence d'admettre que ma vie est belle, et parce qu'après tout il parait que :

T'inquiète ça pourrait être pire !

Cher Lecteur ou chère Lectrice,

Avant que vous ne commenciez à lire ce livre, j'ai quelques mises en garde à faire (brèves, juste quelques lignes ne prenez pas peur !, mais elles sont importantes…)

1/ Je vais te tutoyer et d'ailleurs je commence immédiatement ! Eh oui, ce livre je l'ai écrit pour crier au grand jour certains de mes constats de vie dans notre société moderne et égoïste (2012). Oui je ne veux pas te conter une histoire : ça suffit, on nous l'a assez fait lorsque nous étions enfants, on appelait çà des contes de fées… Non, moi je vais m'adresser directement à toi qui prends le temps (et je t'en remercie) de lire cet ouvrage.

2/ Comme je te l'ai dit, rien ne va être pondéré : fini d'arrondir les angles pour ne heurter personne. Je vais te livrer une vérité, ma vérité crue et certainement cruelle, de ce que je constate dans ma vie dite normale et commune. Je ne suis qu'une personne banale, tout comme toi !

3/ Je ne pense pas détenir la science infuse. Je ne dis pas non plus que mes histoires sont valables pour tout un chacun : tu pourras certainement te reconnaitre ou retrouver un morceau de ton vécu dans ce livre, mais tu en rejetteras certainement d'autres ! D'ailleurs je te le souhaite…

4/ Je ne suis pas psy, je ne vais pas t'apprendre ou te guider sur le chemin de ta vie tumultueuse ou linéaire… ; au mieux je vais te divertir et ce n'est déjà pas si mal !

5/ Ce livre n'est pas construit comme une suite de chapitres structurés cadençant une histoire ; mais il est écrit sous la forme de pamphlets, de courts écrits satiriques sur des situations de la vie quotidienne qui me paraissent invraisemblables et m'insupportent- ce sans pour autant avoir vocation à être exhaustif en la matière !

Veux-tu bien, cher Lecteur ou chère Lectrice, agréer la sincérité de mon plaisir infini à te faire partager ces petits exposés satiriques...!

Cordialement et bonne lecture,

Érine.

L'entretien d'embauche

« Le motif le plus important du travail à l'école, à l'université, dans la vie, est le plaisir de travailler et d'obtenir, de ce fait, des résultats qui serviront à la communauté. »

Albert Einstein. Albert Einstein et la relativité, Hilaire CUNY

Un jour, parmi les offres d'emploi, tu aperçois une annonce faite pour toi ! Alors là tu es sûre et certaine que celui ou celle qui a rédigé ces quelques lignes, l'a fait, car il te connait, mais était oh combien trop timide pour te contacter par voie normale (c'est-à-dire le téléphone). Trop beau pour être vrai, tu lis et relis cette offre. Non elle n'a pas disparue de ton écran et oui tu es sûre que cette merveille t'est destinée : comment le recruteur pourrait ne pas s'en apercevoir ! Tu imprimes donc immédiatement ton CV et tu rédiges scrupuleusement ta lettre de motivation. Inutile d'attendre, tu expédies ton courrier dans les plus brefs délais. La lettre à peine déposée, tu es déjà accrochée à ton portable, on ne sait jamais !

Plusieurs jours se passent avant l'appel tant attendu. Effectivement ton curriculum vitae a fait mouche et le recruteur souhaite te rencontrer. Vous convenez d'un lieu et d'un créneau temporel pour un rendez-vous. Le jour J à l'heure H tu es là, élégamment habillée et coiffée, ton CV réimprimé en ta possession, ton téléphone portable mis en position silencieux, tu attends.

Il arrive, te salue, et tu pénètres dans le bureau du recruteur. Dans le meilleur des cas, il est seul. Parfois tu peux être amenée à te retrouver devant un jury (comme le jour de tes oraux pour l'entrée en école de logistique !), mais quoi qu'il en soit tu fais partie des présélectionnées à l'écrit ! Alors confiante, tu attends qu'il parle. Bien entendu, tu as le droit comme tous les postulants à l'historique de l'entreprise, bref au discours commercial suite auquel tu te dois d'être flattée d'avoir pu être nominée pour un entretien. Tu écoutes religieusement le discours de ton potentiel futur patron, puis à sa demande tu prends la parole. Là, tu fais le tour de ton CV qu'il a bien sûr sous les yeux, et qu'il a déjà lu (normal, puisqu'il t'a convoquée !). Ensuite tu fais la présentation orale de ta lettre de motivation (celle-ci tu l'as aussi envoyée et il l'a également lue, enfin normalement !) et tu finis par appuyer ta candidature par des exemples concrets du plus que tu pourrais apporter à son entreprise. En bref, le pourquoi toi plutôt qu'un ou qu'une autre !

Jusque-là, le processus entre un homme et une femme est scrupuleusement le même. Mais une fois ces préliminaires achevés, tout ou presque est différent ! Pour un poste identique, ouvert à une candidature tant masculine que féminine, voyons les questions principalement posées à un homme :

Le recruteur revient en premier lieu sur le parcours professionnel de ce dernier, lui pose diverses questions sur la mise en pratique de ses connaissances, sur ses acquis... Puis le recruteur interroge notre homme sur ses motivations qui l'incitent à quitter son actuel employeur, ainsi que sur ses aspirations pour ce nouveau travail auquel il postule. Il va de soi qu'à cet instant, ils ont tous deux abordé les prétentions salariales de Monsieur, ainsi que les avantages en nature potentiels (voiture de fonction…)

Dans un second temps, il demande à notre potentiel recruté de se projeter dans cinq ou dix ans, et de lui expliquer comment est-ce qu'il se voit ? Qu'attend-t-il de sa vie professionnelle ? De là, et suite à l'ensemble de la conversation, le recruteur a défini ou partiellement déterminé les principaux traits de caractère du postulant. Si l'homme réside à une distance correcte du siège social de l'entreprise, ou de la localisation de la filiale à laquelle il va être rattaché, (c'est-à-dire à moins de 50 minutes de transport par trajet), le recruteur ne soulève même pas ce détail. La seule éventuelle question sur la vie personnelle de notre cher candidat n'est orientée que sur son épouse, afin de connaitre dans quel corps de métier elle exerce.

L'homme se voit ensuite informé qu'il obtiendra une réponse sous quelques jours, puis il quitte la salle d'entretien, ravi de sa prestation.

Notre femme candidate (toi, mais parlons ici de façon générique) au poste à pourvoir, entre à son tour. Elle salue son ou ses recruteurs, d'une poignée de main qui se veut être ferme, puis s'installe. Le début de l'entretien, nous l'avons dit est identique. Nous arrivons donc à la phase des questions ! Le recruteur passe en revue le parcours professionnel de la femme, tout en lui faisant remarquer certaines périodes de vide… (Eh oui elle a dû accoucher ! Pas facile de garder un enfant plus de neuf mois d'affilés dans son ventre ! Ni même d'abandonner ce nouveau-né à ses parents et de quitter discrètement la maternité pour retourner travailler !).Nous arrivons ensuite à l'étape des motivations ; pourquoi a-t-elle quitté son précédent emploi n'intrigue guère notre recruteur, mais il pose tout de même la question. Et là, notre femme enchaine sur son intérêt pour le poste à pourvoir, ainsi que sur ses prétentions salariales ! Comme à chaque fois à ce moment-là, notre employeur potentiel blêmit, il lui arrive même parfois de siffler, mais quelle que soit la forme, il feint de perdre contenance ! Comment peut-elle demander un salaire presque identique à celui de l'homme que nous venons de recevoir ? Il est outré, néanmoins il reprend le dessus et fait une contre-proposition, inférieure au niveau de salaire dont notre femme vient de lui parler ! Il va sans dire qu'aucun des deux n'a mentionné une histoire de voiture de fonction ou quelque autre avantage en nature, oh que non !

Dans un second temps notre recruteur, atterré par le montant préalablement annoncé, demande à notre cadre potentielle de lui expliquer comment elle va pouvoir s'organiser avec ses petits étant donné les horaires de travail. Il l'interroge également sur son organisation en cas d'enfant malade, de grève des écoles (merci Mr le président N.S pour le service minimum !), ainsi que pour les périodes extrascolaires ! Il fait également remarquer à notre candidate que, résidant à vingt minutes en voiture de son lieu de travail, cela ne va pas être évident à gérer. Et qu'éventuellement il serait bienvenu qu'elle songe à se rapprocher de l'entreprise, si elle souhaite être embauchée. En revanche il ne pose aucune question sur la profession de son époux (c'est un homme, c'est forcément important et bien payé !) et elle se voit assurée d'obtenir une réponse dans les plus brefs délais !

Notre femme quitte la salle d'entretien après avoir remercié puis salué son auditoire, et elle part déconfite, car son métier de mère risque de lui couter ce poste fait pour elle ! Il est vrai que le cumul des mandats est très controversé en ce moment !

À compétences égales et même à salaire inégal (et je ne parle pas des avantages en nature), l'homme a beaucoup plus de chance d'être embauché pour un poste de cadre. Il va de soi que pour un travail au sein d'une crèche, d'un secrétariat quelconque, ou d'un travail non qualifié, mais pas trop physique et demandant un minimum de tenue et d'aisance relationnelle, la femme coiffera l'homme au poteau en ce qui concerne le recrutement. Mais quand il s'agit de postes à responsabilités demandant de la disponibilité et de l'investissement, alors l'homme aura toujours la préférence du recruteur plutôt que la femme, aussi douée soit-elle !

Mais T'inquiète ça pourrait être pire !

L'adolescence ou la Naissance d'une maman

« Rien n'est plus lent que la véritable naissance d'un homme. »
Mémoires d'Hadrien, Marguerite Yourcenar

Mais qu'ai-je donc fait pour mériter un tel châtiment ?

Ai-je été un tyran lors d'une vie antérieure ? Voire même pire que cela ?

Pourquoi suis-je affublée d'une fille pareille ?

Je ne comprends pas, je l'observe : c'est pourtant bien ma fille, ma vie, mon « dramelet… » !

Autant que je me souvienne, tout avait pourtant bien commencé. Ma grossesse s'était passé sans encombre, mon accouchement également si l'on occulte les contractions et les « poussez ma p'tite dame… », bref, j'étais devenue l'heureuse maman d'une petite fille sans cheveu, mais en bonne santé. Un petit rayon de soleil était né en pleine banlieue parisienne, ma vie prenait un sens nouveau, une orientation inédite… Si à cet instant, j'avais su à quel point !

En fait, mieux valait ne pas savoir ; j'aurai certainement été tentée de partir seule à catimini de la maternité, d'oublier mon petit amour qui allait d'ici quelques années, et malgré une éducation judéo-chrétienne, se métamorphoser en un tourbillon, que dis-je, en une véritable et dévastatrice tornade.

Mais à ce moment-là je baignais encore dans l'ignorance et la volupté que me procurait ce nouveau mot qui me définissait, celui de maman.

Il faut cependant bien admettre que l'éducation que je lui ai inculquée, et ce de mon mieux ; certes sans mode d'emploi, mais quelle mère en a un?, a été plus judéo que chrétienne…, si l'on considère que pour moi judéo signifie : A Jamais Unie dans les Difficultés de mon Enfant et ce en toutes Occasions…! Peut-être aurait-il mieux valu pour mon salut, que judéo signifie autre chose, un peu comme : J'ordonne Unilatéralement et Distinctement que mon Enfant Obéisse…!

Mais malheureusement je n'avais pas encore conscience de l'ampleur de la tâche qui dorénavant m'incombait, ni même de l'aspect capital de la linguistique adéquate à mettre en pratique. Non, moi j'étais là rayonnante, enfin soyons réaliste, j'étais comme toute jeune maman, c'est-à-dire le teint terne, l'œil fatigué, et la peau distendue, mais heureuse de ressembler à un pachyderme échoué sur une plage bretonne, et oui car j'étais devenue l'être indispensable à la survie de quelqu'un…!

J'ai aimé cette période bénite où ce petit être, mon enfant, enfin, une fois passée bien sûr l'horrible période des nuits blanches et des couches sales, des poussées dentaires, bref période où mon merveilleux petit être, fruit de mon incroyable fabrication était naïf, pur, obéissant, aimant… Quel bonheur de lire dans ses yeux la joie sincère dès qu'il m'apercevait. Quel bonheur de rentrer chaque soir et d'avoir le sentiment que toute énergie dépensée n'avait pour but que de rendre heureuse cette petite personne qui s'émerveillait devant chacun de mes gestes. Qu'il était narcissisant de se sentir aimé de façon inconditionnelle, de voir évoluer ma progéniture, obéissant à mes règles, grandissant selon les principes que je lui inculquais avec amour et foi.

Etre là à chacun de ses pas, lors de chaque découverte. Observer les évolutions d'un petit moi…!

A travers ma fille je revivais cet univers perdu cotonné, doux paisible, sans souci quotidien autre que le choix du jeu de la journée. C'est un monde où l'on peut tomber et un adulte vous apporte l'aide adéquate pour vous relever et ce sans attendre de contrepartie. C'est un espace sans souci d'argent, sans combat contre le temps qui passe. Cet univers calfeutré est doux, sécurisant mais il faut bien l'admettre, parfois tellement étouffant…

Oser dire « non ». Imposer ses choix. Avoir le droit de dire « je ». Oh combien de difficultés insoupçonnées… Ce carcan qu'est l'enfance personne n'en sort indemne. Le papillon qui nait de cette période ne voit pas la lumière du jour sans le prisme de sa vie de chrysalide. L'éclosion est douloureuse, la confrontation au monde extérieur également, mais de cette éclosion les parents, en fait je devrais dire la maman, n'en sort pas indemne non plus, loin de là.

Cécile a aujourd'hui seize ans… Elle fait le mur, fume en « cachette » vu l'odeur qui émane d'elle le terme de cachette est inapproprié. Elle survole ses cours, mais fait preuve d'un fort intérêt dans le choix de ses vêtements… Elle claque les portes en hurlant « vivement que j'ai dix-huit ans » comme si cela allait lui permettre de s'assumer et d'affronter la vie !

L'adolescence d'une fille est avant tout la naissance d'une mère…

Ta fille est devenue un tyran, elle n'accepte rien, n'obéit plus, te regarde sans respect ni admiration, tu es pour la seconde fois de ta vie une baleine échouée... Mais cette fois tu ne sais pas en quelle contrée tu te trouves. Tu es dans un pays qui parle un dialecte incompréhensible, où les autochtones sont dédaigneux à ton égard... Tu es seule terrifiée et malheureuse... Comment as-tu pu engendrer un pareil monstre ? Comment peut-elle te manquer de respect ? Comme cette magnifique chrysalide a pu muter en autre chose qu'un splendide papillon aimant et virevoletant dans ton sillage ?

Elle revendique ses droits, t'impose des devoirs, te menace d'attenter à ses jours, refuse de s'alimenter convenablement ou de se nourrir tout simplement ! Sa présence est devenue ton enfer. Le soir à ton retour du travail, lorsque tu coupes le moteur de la voiture, ton estomac se noue... Tu n'as pas envie de rentrer au sein de ton foyer, *home sweet home* a perdu tout son sens. Tu ne veux pas croiser son regard qui te dis : « Vivement que j'ai mon appart ». Appart que bien entendu tu vas devoir payer, ou tout au moins pour lequel tu vas devoir te porter caution solidaire.

Solidaire.... Tu es solidaire depuis moult, et toi qui pense à toi ? Qui se porte caution pour toi ? Qui est solidaire à ton égard lorsque tu es convoquée chez le proviseur pour dégradations d'un établissement public ?

Tu es en train de devenir une maman... un être dont on a besoin, un être indispensable mais une personne pénible et indésirable qui va faire de la vie de sa progéniture un enfer de bonnes actions !

Ta fille t'adorera, te détestera, se réfugiera chez toi, te reniera, mais tu es une maman, tu seras toujours là pour elle et malgré tout ce qu'elle te fera subir car après tous les évènements qui vont se succéder, tu aimes ce petit « toi » alors tu te dis que quoi qu'il se passe :

Mais T'inquiète ça pourrait être pire !

L'égalité des sexes !

Parce qu'un père sera toujours un Homme alors qu'une mère ne sera à jamais plus qu'une mère !

Tu as trente ans, tu es mariée et mère de deux enfants. Tu viens de débuter dans une entreprise en tant que logisticienne (statut-cadre). Ce travail te plait, il est varié et motivant. Le salaire est correct. Tu es satisfaite de cet emploi au bémol près que toutes les réunions du personnel encadrant (dont tu fais partie) se déroulent le soir après 18h, et que de ce fait tu ne sois jamais en mesure d'y être présente ! Mais nous allons tout d'abord t'insérer dans une situation générale que nous allons décortiquer ensemble. Prenons un sujet anonyme ayant pour caractéristique d'être une femme, cadre, mère, mariée (en bref toi !). Voyons maintenant l'exemple d'une situation malheureusement réelle, pour laquelle les caractéristiques communes citées précédemment, deviennent incontestablement antinomiques. Ce qui devrait être d'un accès simple et évident (à savoir être femme, cadre, mère, épouse), est dans la pratique injustement inaccessible, aberrant et même révoltant !

Être mère de deux petits et être une femme cadre dans un monde d'hommes est une vraie galère. Notre société est ainsi faite ! Soit tu veux être cadre et alors tu renonces à ta vie de mère, soit tu es mère et tu renonces à ton épanouissement professionnel ! Il y a toutefois une alternative, tu peux être cadre et mère, mais pour ce faire tu restes vivre à proximité du cocon familial et tu charges tes parents d'élever ta progéniture ! Il est bien connu que tes parents, qui t'ont élevée toi et tes frères et sœurs, qui ont terminé leurs quarante ans de travail au sein de notre société, et qui sont encore en bonne santé, n'aspirent qu'à une chose : se métamorphoser en éducateur de jeunes enfants…plus clairement, en nourrice…! Que tu es bête ! Toi tu croyais que s'ils avaient travaillé toute leur vie, élevé leur progéniture, payé leur maison, et que s'ils étaient encore en forme à l'âge de la retraite, ils avaient le droit de voyager et d'enfin se réaliser ! Mais non… Ils doivent encore soutenir leurs enfants en gérant leurs petits-enfants, et ce afin que leurs enfants puissent s'épanouir professionnellement…! Pourquoi es-tu partie t'installer à 750kms de chez eux, toi aussi tu aurais pu vampiriser la retraite de tes chers parents et être une femme accomplie !!!

Autre aberration : N'as-tu jamais remarqué que ton mari estime légitime que son épouse (je te le rappelle, on parle de toi), la mère de ses enfants, ait le temps de s'occuper convenablement des petits. En effet, il lui parait évident qu'en tant que mère, tu te dois de pouvoir les gérer le matin et les amener à l'école avant de te rendre au travail : l'école ne commençant pas avant 8h20 et en supposant que ton lieu de travail ne se situe qu'à quinze minutes, abstraction faite des potentiels impondérables de la circulation, tu ne pourras donc jamais être présente à ton poste avant 8h35. Avec la même évidence, il lui semble qu'il va de soi que si sa femme (toujours toi !) est supposée s'occuper de ses petits le matin, elle doit aussi être à même de s'en occuper le soir ! Grâce à Dieu, ou à je ne sais qui, le périscolaire a été inventé… Donc, après une longue journée de travail, tu récupères ta progéniture, retournes à ton domicile, et te transformes en institutrice. Dans le meilleur des cas, tes enfants n'ont pas de difficultés scolaires et tu ne fais que contrôler leur travail tout en préparant le diner (à ce moment-là tu revêts ton costume de maitre queux). Mais si par malheur un de tes enfants a besoin de soutien, comme le dit ma grand-mère et je la cite : « je ne peux pas être au fourneau et au moulin, deux minutes bon sang ! », cela implique que tu donnes priorité à ton enfant en difficulté, au dépens de la préparation du diner.

Une fois le lourd labeur des devoirs scolaires achevé et tes enfants lavés, tu prépares (ou fini de préparer) le diner. À cet instant, toi, notre chère femme active, tu n'as plus faim… tu regardes tes petits se nourrir dans un vacarme infernal, et tu attends l'heure fatidique pour eux, mais libératrice pour toi, c'est-à-dire l'heure du coucher ! Une fois tes angelots endormis, et comme équipé d'un radar à ronflement pour chérubins, ton époux revient : Il est fatigué, il a eu LUI, une longue et harassante journée ! Aller embrasser les enfants ? Mais pour quoi faire ? Il risquerait de les réveiller et il devrait alors leur lire une histoire ! Risque encouru estimé trop important ! Il préfère éviter…! Et puis il est 20h, c'est l'heure des infos! (Si je dis cela c'est que nous sommes dans un bon jour et que Monsieur est rentré de bonne heure, sinon la question des infos et du risque de se faire une entorse à la langue en lisant une histoire aux petits n'est même pas envisageable, puisqu'en temps normal il ne rentre qu'à 21h, voire plus !) C'est qu'il a un vrai travail, lui ! Alors, toi, femme extrêmement active, tu relates à ton époux qui est très concentré sur les problèmes mondiaux, économiques, politiques, tes petits soucis professionnels et les difficultés scolaires de vos enfants. Pas de chance, rien de tout cela n'attire l'attention de Monsieur, car tous tes soucis ne sont pas graves bon sang ! Il y a des guerres et même pire le CAC40 qui part en vrille… Où est le problème si Antoine a eu un 6/20 en Histoire ? C'est certainement, car sa chère mère (encore toi !) ne lui a pas assez fait réviser ses leçons ! 1-0 pour l'Homme ! Et la phrase fatidique tombe :

« Les petits ont besoin de toi, tu devrais te mettre à mi-temps, ou faire du télétravail ! »

Ça y est, toi, la super femme active, tu es coupable ! Tea culpa, tu essaies juste :

1/ De t'épanouir personnellement et professionnellement.

2/ D'élever les enfants que toi et ton époux avez désiré à un moment donné (enfin c'est ce que tu croyais !)

3/ De participer à la bonne marche du foyer en amenant de l'argent, fruit de ton travail !

Mais Monsieur continue, en insistant sur l'importance de la mère dans l'épanouissement des enfants, sur leur besoin d'amour et d'attention maternels ! Alors je te pose une question : pourquoi est-on dans une société patriarcale ? Pourquoi est-ce l'Homme qui transmet son nom si les enfants ont un tel besoin de leur mère ? Pourquoi toi, qui après les avoir porté 9 mois, les avoir mis au monde, qui après avoir sacrifié ta carrière à tes petits et ce parce que nos valeurs sociales veulent que ce soit la mère qui endosse ces responsabilités (car pour la société ceux sont bien ses responsabilités), pourquoi ne portent-ils pas ton nom de jeune fille à toi ?

Suite à cela une question et une revendication s'imposent. La question relative à la perte du nom de famille : explique-moi pourquoi tu dois abandonner ton nom lorsque tu te maries ?

(On est d'accord, ce n'est plus une obligation légale, mais il aura fallu se battre ! De plus je serais curieuse de connaitre le pourcentage que représentent les femmes qui dans la pratique conservent leur nom de jeune fille après le mariage).La revendication, et pas des moindres : je disais précédemment que nos valeurs sociales impliquent que ce soit la mère qui endosse ''ces'' responsabilités (à savoir celles d'assumer la logistique quotidienne des enfants, et qui la conduisent à sacrifier une carrière épanouissante). Car socialement il parait que pour la mère ceux sont ses responsabilités La différence ne tient que dans un petit « s » ! Mais quel « s » ! Ce « s » transforme un déterminant démonstratif en un déterminant possessif, ce qui a un effet dramatique sur notre liberté d'être, notre droit à nous épanouir en tant que femme !

Donc revenons à Monsieur : fatigué par son travail, préoccupé par les informations nationales et internationales, bien plus que par tes petits tracas d'épouse et de ceux de vos enfants communs, Monsieur estime que toi, sa femme, se doit de gérer les petits... Il ne se soucie jamais des contraintes occasionnées par les activités extrascolaires de votre progéniture, pas plus qu'il n'accorde d'intérêt à l'organisation de leur journée : Monsieur est important, il subvient aux besoins financiers de sa famille, tel Mr Cro-Magnon qui ramenait de la viande dans la grotte de Mme Cro-Magnon ! Monsieur estime normal que tu sois une femme active qui se préoccupe du bien-être de ses enfants, que tu travailles et participes aux besoins financiers du foyer, et que ton travail soit compatible avec tes obligations de mère. Vous savez ce contrat invisible que chaque femme signe à l'insu de son plein gré juste à la naissance du premier enfant. Ce contrat magique qui stipule, tels les 10 commandements, que :

I. Tu n'auras pas d'autres préoccupations que ton enfant et son père.

II. Tu ne te prosterneras point devant ton employeur, et tu ne le serviras point outre mesure. Car moi, ton époux, ton Dieu, je suis un Dieu jaloux, qui exige que ton intérêt soit en premier lieu porté sur moi puis sur mes enfants et ce bien avant qu'il ne soit dirigé vers un quelconque métier et/ou employeur.

III. Ton enfant prendra le nom de ton époux, ton Dieu.

IV. Souviens-toi du jour du repos de ton époux, pour le sanctifier. Tu travailleras sept jours, et tu feras tout ton ouvrage et ce chaque jour. Mais le septième jour est le jour du repos de ton Homme, ton Dieu : lui ne fera aucun ouvrage, pas plus que son fils, ou sa fille,

V. Honore ton père et ta mère, mais n'asphyxie pas ton mari (ton Dieu) avec ses beaux-parents : Il travaille assez, tu n'as pas besoin de la saouler avec tes parents.

VI. Tu ne tueras point. (Même si tu es dans une colère noire à l'encontre de ton inquisiteur de mari)

VII. Tu ne commettras point d'adultère. (De toute façon tu n'en as pas le temps !)

VIII. Tu ne te déroberas point à tes obligations de mère, d'épouse, et occasionnellement de femme active (une professionnelle en quelque sorte !)

IX. Tu ne porteras point de faux témoignage contre ton mari, sauf si celui-ci (le témoignage) est à l'avantage de ton époux.

X. Tu ne convoiteras point la vie de ton prochain (elle n'est mieux qu'en apparence) ; tu ne convoiteras point l'époux de ton prochain (lui aussi n'est mieux qu'en apparence, et tout le monde sait que les apparences sont trompeuses !)

Et là, en bas de ce contrat que tu n'as même pas lu et encore moins montré à un avocat pour validation, au premier cri de ton enfant ton sort est scellé... Tu viens de signer le tragique, mais irréversible acte de soumission à ton conjoint et à tes enfants et ce, sans même t'en apercevoir. Dorénavant tu seras une mère, prête à tout pour permettre à ses enfants d'accéder au bonheur, à la connaissance, à leur épanouissement sportif et culturel, tout en laissant le père tranquille et hors de portée de ces petits tracas. Tu seras également et à jamais la mère des enfants de quelqu'un... Et non, tu ne seras plus une femme, du moins ce titre ne te définira jamais plus en tant que tel, tout au plus ce sera un sous-titre !

Mais là ne s'arrête pas ton calvaire, ce serait trop simple !

Revenons encore à Monsieur. Tout comme lui, plein de ses semblables sévissent sur la planète. Et parmi eux, il y en a un qui est ton patron ! Mais lorsque cet homme est ton patron, et pas le père de tes enfants, alors les règles changent ! Hors de question de se laisser empoisonner avec les 10 commandements de la mère ! Oh non, ceux-ci restent valables pour sa femme, mais en aucun cas pour toi ! Il va falloir t'y faire...

Tu arrives donc le matin à 8h35 sur ton lieu de travail, et après il faut bien le dire un véritable marathon. En effet, tu as déjà réussi à sortir de ton lit malgré ton absence totale de motivation ; tu t'es préparée et tu as préparé tes petits. Une fois la tribu prête, ce qui n'est pas une mince affaire, tu as pensé au sac de piscine d'Élodie, à faire réciter sa leçon de géométrie à Antoine, à mettre les gouters dans les sacs, à nourrir puis sortir le chien. Tu es donc là, au travail, et tu respires. Étape numéro une achevée avec les honneurs (tu es bien la seule à te les accorder, et tu as raison de le faire !). Mais ton patron grogne déjà ! Eh oui, les hommes eux sont là depuis presque une heure, EUX… Il est hors de question que tu files directement à la machine à café, même si ton organisme te supplie de lui fournir le carburant nécessaire voire vital à son bon fonctionnement. Non tu attendras 10h et tu boiras ton café assise à ton bureau, pas question de bavasser avec tes collègues, tu n'es pas payée pour ça ! En effet, dans un monde d'hommes tu es infantilisée, mais également orpheline… Tu attendras donc la récré de 10h pour ton café ! Ta mère ne sera pas là pour anticiper tes besoins !

9h00 La réunion commence. Toutes les femmes cadres prennent place ensemble à une extrémité de la table ovale. Rien n'est dit, mais il y a clairement deux camps ! Le directeur vous signale qu'il est ENFIN possible de commencer à travailler… Le ''enfin'' est bien sûr destiné à toutes ces mères qui n'ont pas pris la peine de faire passer l'intérêt de l'entreprise avant celui de leurs mômes ! Quelles ingrates… ! On les embauche et elles ne sont même pas capables d'être l'équivalent d'un homme ! Arriver comme tout le monde à 7h30 est-ce trop leur demander ?

Encore quelques petites différences notoires : Toutes les femmes cadres assises autour de cette table sont arrivées certes entre 8h35 et 8h55 (du fait de l'éloignement de leur domicile), mais elles sont arrivées en voiture personnelle ! Aucun de ces messieurs ici présents n'a de voiture personnelle, hormis pour leurs femmes ; ils sont CADRES, ils ont des voitures de fonction avec assurance, essence, télépéages payés par l'entreprise… Mais vous, femmes, il ne faut pas vous plaindre, vous avez 26 jours de RTT supplémentaires (vous permettant en théorie de prendre vos mercredis après-midi pour vous occuper de vos enfants…) 26 jours qui vous sont accordés, mais qu'il est très, mais très mal venu d'utiliser.

Bref cette réunion se passe, des échanges ont lieu du côté des hommes, pendant que le clan féminin analyse les propos. Dans la majorité des cas, dans l'esprit vigilant et aiguisé de la femme, de cette personne obligée de savoir-faire plusieurs choses en même temps, naissent les solutions aux tergiversations masculines. Il va de soi que le clan féminin n'en est pas remercié, et qu'immédiatement les vrais cadres s'attribuent la paternité des idées ! J'y pense, un d'entre eux devrait faire comme pour les enfants, il devrait donner son nom à cette (ces) solution(s) ! Afin de bien organiser la chose et afin qu'il n'y ait pas d'inégalité, une d'entre vous devrait peut-être élaborer un planning de rotation (les femmes sont plus logiques et cartésiennes que les hommes) de façon à ce qu'il y ait une reconnaissance en paternité équitable.

La réunion est finie, la journée de travail continue, les femmes filent à leurs bureaux, tandis que les hommes vont boire un café bien mérité, il faut fêter leur(s) idée(s). Trente minutes plus tard, ils sont de nouveau opérationnels.

As-tu déjà comparé la taille du bureau d'une femme à celui d'un homme ? À compétences égales, et à salaire on ne peut plus inégal (un homme ne tombe pas enceinte et ne pose jamais de congés pour soigner ses bambins, oh ça non ! Un homme malade c'est plus contraignant et ingérable que les conséquences d'une attaque nucléaire, il se tient donc d'instinct loin de tout virus ! Ce qui lui vaut un salaire nettement supérieur.), je disais donc que la taille du bureau d'une femme est toujours plus petite (l'équivalent d'un grand placard avec fenêtre) que celui d'un homme (l'équivalent d'une petite salle de réunion avec fenêtres). Est-ce dû à un problème de virilité, essaient-ils de prouver quelque chose ?

À noter que dans le cas du bureau féminin il n'y a pas de « s » au mot fenêtre ! Ah ces « s », ça change tout, non ?

Dernièrement le parc de téléphones portables a été changé. Chaque homme a reçu un appareil dernier cri, capable d'aller sur internet, de leur servir de GPS (pour leurs voitures de fonction) et de faire une multitude de choses, mais pas d'aller chercher les enfants à l'école, dommage…! Vous, femmes, vous avez reçu des épaves du dernier cri, capables d'envoyer des SMS en morse grâce à la lumière intégrée au téléphone, mais en aucun cas ledit appareil ne peut vous aider à vous orienter dans vos voitures personnelles. Pas de souci, vous ne flattez pas vos égaux avec des outils ; du moment que vous pouvez téléphoner, c'est bien l'essentiel ! Et pour ce qui est de la voiture, il est de notoriété publique qu'une femme ne voit pas comme un déshonneur de demander son chemin à un passant, contrairement à ces messieurs.

Venons-en à la pause-déjeuner, ou devrais-je dire la course poursuite de midi. Tu as le droit comme les hommes de te nourrir, eh oui, tu vois bien qu'il y a une égalité des sexes ! Enfin en apparence, car deux options s'offrent à toi (tu as vraiment de la chance on dirait !) Option numéro une : tes petits ont vraiment besoin de toi à 18h15 et tu as du travail au bureau, il va de soi que si ta pause repas est brève, tu pourras recommencer à travailler sous trente minutes et tu pourras partir tôt l'esprit léger, car ton travail sera fait, tu vas donc acheter un sandwich et une boisson sans sucre que tu consommeras tout en travaillant. Option numéro deux : ton frigo est vide, et il est hors de question d'aller au supermarché ce soir à la sortie de ton travail, car ta présence est nécessaire voire indispensable à tes petits… Tu fonces donc au supermarché le plus proche, mais évidemment pas le moins cher (ce qui te vaudra des critiques de l'Homme de ta vie ce soir : « décidément tu n'es pas économe, heureusement que j'ai un job qui paye bien ! ») et tu fais tes courses. Tu as tout de même acheté un sandwich triangulaire que tu mangeras à ton bureau. Tes collègues masculins quant à eux sont partis déjeuner en groupe ou avec des clients, et ils reviennent vers 14h30 (dans le meilleur des cas !). Mais il ne faut abuser de rien, ils commencent donc par aller boire un café tous ensemble.

18h Ta journée professionnelle est finie. Tu pars sereine ton travail est fait, achevé. Tu dis bonsoir à la volée à tes collègues hommes qui eux sont encore là. Tu ne te laisses pas culpabiliser (tout au moins en apparence) par ces regards désapprobateurs qui sous-entendent : « Elle arrive à 8h35 et repars à 18h00, et elle veut être notre égale? C'est limite un mi-temps ce qu'elle fait ! »

Te voilà dans ta voiture personnelle, en chemin vers ton domicile, prête ou non tout le monde s'en contre fiche, mais obligée de démarrer ton deuxième job, car tu es mère…!

Ah, j'oubliai : s'il y a une réunion à 18h15, tu ne peux évidemment pas y assister et tu entends tout de même cette phrase absolument diabolique : « Il faudrait que tu viennes, il faut t'organiser un peu ! »

Si tu as le malheur de répondre « j'ai des enfants », tu t'exposes à la remarque suivante : « Peut-être, mais tu es cadre, il faut assumer ! Bonne soirée ! » Tout cela dit avec mépris…bien entendu ! Il ne faut pas oublier une chose…Avec ton patron tu as signé un contrat de travail en bonne et due forme… contrat explicite et détaillé qui plus est, donc en théorie rien à voir avec les 10 commandements de ton travail de mère. Tu fais cependant erreur lui aussi comprend des lignes invisibles à l'œil humain !

Toutefois, l'inégalité des sexes n'a pas pour uniques champs d'application ton lieu de travail ! Voyons un autre exemple de cette injustice. Commençons cette nouvelle théorie par un énoncé (un peu comme pour un problème de maths !) donc :

Tu es une femme de 55 ans, femme active et cadre, tu as deux enfants (25 et 29ans), mais tu as également des parents (80 et 83ans.) de plus tu n'es pas fille unique, non tu as également un frère (50ans), homme actif et cadre tout comme toi. Occultons là ton époux, car c'est hors sujet, enfin à ce moment précis. Ton frère et toi habitez tous deux à moins de cinquante kilomètres de la maison de vos ainés. Tes parents sont âgés, et donc moins alertes. Leur dépendance est sociale, médicale, etc…

Étant la fille, à chaque problème médical rencontré par ceux qui t'ont mis au monde, tu reçois un appel au secours et tu abandonnes tes projets pour aller assister tes « petits vieux ». Tu fais preuve d'une volonté et d'une détermination de fer face à la secrétaire médicale qui t'affirme que le médecin ne peut recevoir ton père qui a des symptômes certes non mortels, mais il a des symptômes quand même, et surtout c'est ton père…. Alors un peu de considération ! Tu accompagnes tes chers parents chez le médecin, car à force de harceler la gentille secrétaire, elle t'a finalement trouvé un rendez-vous (pas si mal en fait). Une à deux fois par semaine, sur ton temps libre, tu accompagnes ta mère faire ses courses, et tu l'aides à ranger ses achats. Tu es leur soutien moral, médical, leur coursier, leur bras armé dans cette guerre contre ce monde moderne qui les dépasse. Tu es leur refuge dans cette jungle qui les a mis sur la touche. Quoiqu'il arrive tu es toujours là, tu réponds toujours présente, tu les aimes ! Ton frère ne les aime certes pas moins que toi, mais il a un travail lui, alors tes parents le laissent tranquille ! Eh oui, il n'a pas le temps ton cher frère, c'est qu'il est important (enfin au moins autant que toi !). Alors tu assumes, mais ce que tu assumes plus que tes parents, plus que ton travail et tes enfants (de 25 et 29 ans qui ne sont toujours pas aussi autonomes que tu l'aurais souhaité !) tu assumes donc essentiellement ta condition de femme ! Pourtant, les conséquences de cette condition n'ont pas lieu d'être, la seule différence entre ton frère et toi ne tient que dans un petit chromosome ! Alors pourquoi le laisse-t-on vivre, et pourquoi es-tu perpétuellement sollicitée ? Mais la société est ainsi faite, et tu sais que tu ne vas pas la réformer d'un coup de baguette magique ! Les mentalités changent c'est vrai, mais malheureusement si lentement… Ce qui ne t'empêche pas d'espérer.

Comme à l'accoutumée, entre deux impératifs professionnels, tu es passée voir si tes parents allaient bien. Sachant que nous sommes en 2012 et que c'est une année électoral, tu interroges tes chers octogénaires afin de savoir s'ils désirent que tu leur apportes un éclaircissement sur ce qui se passe sur la scène politique et économique. Mais non, ils te remercient (c'est déjà ça !), ils y ont pensé et donc ils ont appelé ton frère, qui leur a dit pour qui ils devaient voter (Ah tiens dans certains cas, ils connaissent le numéro de téléphone de ton cher frangin !). Et donc ils n'ont besoin ni de tes éclaircissements, ni de ton avis. Tu comprends les élections c'est sérieux (surtout à plus de 80ans !) alors pour les affaires sérieuses qui engagent l'avenir, la seule personne apte à leur apporter un avis objectif et fiable est bien sûr leur fils ! Alors là c'est trop, tu te lèves et tu t'en vas ! Cette fois ça suffit ! Admettre et imposer qu'une femme a un instinct maternel plus développé, c'est une chose ; mais se prendre en pleine ''tronche'' qu'un homme a un avis plus sûr en matière de politique alors là il y a des limites largement transgressées ! Néanmoins, et juste avant de franchir le pas de leur porte, tu lances tout de même cette petite phrase : « Si les affaires sérieuses relèvent des capacités de mon frère, alors appelez-le la prochaine fois pour vos sérieux problèmes de santé ! À bon entendeur, salut ! »

Mais T'inquiète ça pourrait être pire !

Le Pygmalion

« Quand on ne peut pas apprécier ce qu'on a, il vaut mieux avoir ce qu'on peut apprécier. »

Pygmalion, George Bernard Shaw

Afin de poser de solides fondations à notre pamphlet, commençons par une définition !

Après quelques recherches sur la toile, j'ai trouvé sur le site internet localisé à l'adresse suivante :

http://www.dictionnaire.exionnaire.com

Une définition qui me parait complète et succincte, mais je te laisse seul(e) juge !

De Pygmalion, personnage chypriote de la mythologie grecque (Pugmalîôn). Célibataire endurci, il avait sculpté une statue de femme si belle qu'il en tomba amoureux. Ce mythe inspira la pièce de théâtre Pygmalion (1912, de l'auteur irlandais George Bernard Shaw), adaptée plusieurs fois au cinéma, la version la plus connue restant My fair lady (1964, de George Cukor avec Audrey Hepburn). Cette histoire permet de comprendre un des sens actuels du terme PYGMALION (d'après l'encyclopédie Encarta : "homme qui instruit la femme ignorante ou considérée comme telle, dont il est amoureux et qui lui apprend les bonnes manières").

Alors ? Cette base étant maintenant établie, nous allons entrer dans le vif du sujet.

Disons tout d'abord que tu as un chef, que celui-ci possède une faille narcissique de la taille du Grand Canyon, et un besoin d'être aimé et reconnu tellement gigantesque qu'il faudrait un tsunami d'amour pour qu'il soit comblé. Mais pour l'instant, sa vie est terne, compliquée, et il compense son mal-être en se prenant pour ton Pygmalion. Il joue avec toi, tu es sa marionnette. Entrant dans ce rôle, sa faille narcissique s'efface le temps de son interprétation, il incarne alors la toute-puissance. Il a décidé de faire de toi une femme respectée, et emblématique. Alors il t'instruit (attention, il n'a pas une culture générale extra développée, non ! Il est un être commun), Mais il t'apprend à parler de façon soutenue (ce qui est très drôle, car lui-même en temps normal formule très maladroitement ses phrases !) Il remet également en cause tes goûts vestimentaires et t'envoie acheter pour 1500€ de vêtements plus en adéquation avec ce qu'il souhaite te voir devenir. Là tu te dis que s'il finance tes achats, tu veux bien te soumettre à sa requête, mais tu découvres vite que ce n'est pas le cas : il a juste estimé que le budget que TU devais investir pour répondre à SON attente s'élevait à la modique somme de 1500 € ! Pas pareil… Alors tu réfléchis, car tu as une vie et donc des impératifs financiers ! Qui plus est, tu l'observes, comment un homme aussi mal vêtu peut se permettre de remettre en question tes goûts vestimentaires ? Certes il n'est habillé qu'avec des vêtements griffés par des marques ayant une solide notoriété, mais il harmonise tellement mal ses habits que l'élégance de chacun d'entre eux ainsi mis bout à bout, s'annulent.

Tu investis tout de même un budget que tu estimes respectable dans ta nouvelle garde-robe. D'ailleurs le jour où tu décides d'aller faire du shopping, ton assistante te propose spontanément son aide. Deux têtes valant mieux qu'une, tu acceptes. Et vous voilà dans le centre-ville parcourant les magasins. Tu fouines dans les étals, ton assistante te suggère certains vêtements, tu essaies, elle critique, tu essaies autre chose, elle approuve, tu payes ! Un après-midi entier à faire les boutiques, un après-midi de rêve… Une soirée à pleurer ! Oui le soir tu fais les comptes et tu réalises à quel point tu t'es laissé(e) emporter ! Ton patron sera peut-être satisfait, mais ton banquier va être furieux ! (Tu apprendras plus tard que ton assistante n'est pas venue avec toi juste pour le plaisir de passer son samedi en ta présence. Non, tu as beau être charmante, elle est venue uniquement parce qu'elle a été missionnée par ton chef ! Elle devait veiller sur tes choix vestimentaires, et elle avait reçu divers impératifs !)

Le lundi suivant, tu arrives au travail, déguisée dans un tailleur-pantalon noir, avec des chaussures à talons ! Tu ne sais pas marcher avec ce genre de souliers et tu risques à chaque instant de te faire une entorse ! Ton chef est ravi. Maintenant que ceci est abouti, (il a au préalable passé en revue tes achats du week-end) il se concentre dès lors sur ta posture, ton élocution, et ton phrasé ! Un vrai moment de bonheur… Vient l'heure d'aller déjeuner, (tu penses pouvoir t'échapper et faire une pause dans ta formation…, tu as tort !) Il t'invite à l'accompagner, et t'informe que dorénavant, tu iras trois à quatre fois par semaine prendre ce repas avec lui ! (super !) Une fois au restaurant, il continue son sketch… Il t'apprend ce qu'une femme se doit de choisir sur une carte (afin de rester dans des proportions physiques acceptables ! Très drôle lorsque l'on sait que la taille de son pantalon est un petit 54 !) Dès lors, il estime que tu sais t'habiller (mais il te fera régulièrement des piqûres de rappel, du style accord vêtements-chaussures), que tu sais t'exprimer et te tenir en toute circonstance, que tu sais choisir ton apéritif ainsi que les mets que tu t'apprêtes à déguster (selon lui, une femme ne mange pas, elle déguste !) Tu es donc apte…

Ouf, tu vas pouvoir travailler ! Enfin c'est ce que tu penses. Il te convoque dans son bureau, et te fait des stages impromptus complémentaires. Exemples ? Avec plaisir, thème numéro un : Comment laisser un message sur le répondeur d'un client ! Thème numéro deux : Comment faire de l'humour en réunion ! (Ce qui est très drôle, car ses blagues ne font jamais rire personne !)

Bref, les vacances de Noël approchent, et avant la fermeture de l'entreprise tu es encore convoquée dans son bureau. (Il ne t'invite jamais à venir le voir, non, il te convoque systématiquement !) Alors là c'est le summum. Il t'explique que ce soir, c'est ton grand soir, ta soirée test ! Ce soir tu seras sa star, son chef d'œuvre, et pour cela il choisit ta tenue, tes chaussures, et t'indique que ta place à table sera précisément la place à côté de la sienne !

Tu vis la pire soirée de ta vie, il ne cesse de te surveiller, de te faire des commentaires… Mais tu tiens bon. Demain tu seras en vacances pour deux longues semaines ! Tu pourras remettre tes jeans et tes baskets, tu pourras te maquiller à ta guise ou ne pas te maquiller du tout ! (ah oui j'avais oublié ce détail, il t'a aussi envoyé chez une esthéticienne prendre un cours de maquillage, mais à tes frais bien sûr !)

Une heure du matin, tu résistes toujours… Et là il te sauve ! Sans le savoir, il ouvre la porte vers ta liberté, il t'informe qu'une dame se doit de partir à une heure pas trop tardive et que donc pour toi le moment de t'éclipser est venu ! Tu ne lui laisses pas le temps de changer d'avis, et tu prends tes jambes à ton cou ! Quel bonheur tu es en vacances !

Il faudra certes retourner travailler dans quelques jours, mais ce n'est pas pour tout de suite !

À ton retour de congés, tu as une grande discussion avec ton chef. Ce dernier t'informe que tu as été critiquée par l'ensemble du personnel lors de la soirée de Noël. Il te dit qu'il n'y a qu'une seule raison à cela, la jalousie… Tu es trop parfaite, ils sont donc envieux. Néanmoins, afin de ne pas faire d'esclandre il a décidé de te protéger envers et contre tous ! À partir de maintenant, tu dois savoir qu'il est ton seul allié ! Tu es haïe, mais il va te protéger. Il te faut pour cela faire bloc avec lui, et surtout lui faire une confiance aveugle. Pas de secret ! Tu lui diras tout (tant au sujet de ta vie privée que de ta vie professionnelle !) Car cet homme qui t'a embauché, et ce malgré les refus catégoriques des autres dirigeants de voir une femme à ton poste actuel, cet homme-là est le seul à avoir une pleine et entière confiance en toi ! Alors tu ne dois pas le décevoir.

Une situation assez bancale s'instaure. Vous passez ensemble des heures relativement ambigües, pendant lesquelles il te parle de sa vie personnelle, de son absence d'amour paternel, ainsi que du manque de reconnaissance de la part de son patriarche pour lequel il se dévoue corps et âme ! Il a confiance en toi qui passes des heures entières à l'écouter parler (au café de préférence, c'est plus intime qu'au bureau) et ce pendant tes heures de travail… Si son père savait à quoi il vous rémunère, tu serais au chômage ! Bref, ce n'est pas le cas alors tu l'écoutes.

Il est tellement malheureux, tellement seul ! Finalement il prend quelques jours de vacances, et là tu travailles enfin ! Tu vas finir par te faire virer c'est sûr !

Durant ses congés, chaque jour ton chef t'appelle... et il te parle pendant de longues minutes... Là encore tu l'écoutes malgré tous les doubles appels qui retentissent dans ton oreille ! Puis, à force de s'écouter parler, il a une idée. Il est révolté à cause d'une situation qu'il estime être injuste et il t'exhorte à prendre en note un texte. Tu t'exécutes. Il te dicte chaque phrase, et te demande de te rendre dans son bureau, et d'envoyer un mail à la direction depuis son ordinateur. Pour ce faire, il te donne ses codes d'accès.

Arrivée dans son bureau, une fois l'ordinateur prêt à fonctionner, tu relis tes notes, et là tu réalises que c'est n'importe quoi ! Ce qu'il t'a fait prendre en note est aussi fouilli que ce qu'il te raconte régulièrement. Tu en déduis que dans sa tête ce doit être un beau bordel (le pauvre ?). Donc, afin que pour une fois il soit entendu, tu reconstitues convenablement son message et tu le rédiges sans faute d'orthographe ni de grammaire. Tu te relis, et tu l'envoies !

Tu apprendras plus tard que, même si ton chef a fait un tour au bureau ce jour-là et qu'il a été vu par tous et toutes, les destinataires du mail seront persuadés qu'il n'en est pas l'auteur ! Et lui c'est ton Pygmalion.... Petite veinarde !

Mais T'inquiète ça pourrait être pire !

L'amour au travail ou l'enfer des collègues …

J'ai confiance en tout le monde, ce dont je me méfie c'est du diable se trouvant en chaque Homme.

Ah l'amour… N'est-ce pas un des objectifs de tout à chacun ? Mais où le rencontre-t-on ? À l'université ? Chez des amis ? Sur Meetic ? En vacances ? Ou au travail ? Peu importe, une rencontre est possible partout, et elle peut se produire de diverses manières. Mais là je vais te parler d'un sujet que je maitrise, l'amour au travail ou comment se polluer l'existence, car l'enfer c'est les autres…!

Commençons simplement. Tu viens de décrocher un contrat, tu es heureuse… Le job te correspond, ton lieu de travail se trouve à une distance raisonnable de ton petit chez toi, le salaire est correct, bref tout va bien. Les premières semaines défilent, en fait non je devrais dire déferlent, car en réalité tu es noyée, ton corps inerte subit les ressacs de l'eau glaciale dans laquelle tu as sombré ! En effet et d'ailleurs comme à chaque fois que tu débutes dans un nouvel emploi, tu as l'impression d'avoir quinze ans et d'être en voyage scolaire à l'étranger, pire en immersion totale dans une famille qui parle une langue que tu ne comprends pas ! Mais comment est-ce possible ? Tu vérifies… Tu as bien le diplôme en adéquation avec le poste pour lequel tu as été recrutée, tu es donc sensée être comme un poisson dans l'eau ! Mais non ! Il te faut d'abord t'acclimater à ton nouvel environnement : nom des collaborateurs, rituels de l'entreprise, et j'en passe… Après plusieurs semaines tu commences à respirer (tu n'aimes pas l'apnée…) ni tous ces gens qui te parlent comme s'il était évident de faire les choses suivant leurs habitudes et que toi, nouvelle, mais riche d'autres techniques et méthodologies, tu n'étais qu'une idiote car pourtant tout ceci est : si simple…! Bref ça va mieux, des branchies poussent en toi et tu es comme un poisson dans l'eau au sein de cette nouvelle structure. Tu as même appris par cœur l'organigramme complet (pas le modèle simplifié, non ! L'élaboré, celui fait avec des photos) et tu es incollable sur les fonctions, nom et prénom de chacun de tes collègues, sans pour autant avoir eu la possibilité de croiser l'ensemble de ces visages. Mais en clair tout baigne !

Maintenant que ton acclimatation n'accapare plus toute ton énergie vitale, et que ton travail (malgré les spécificités liées à cette entreprise) tu le connais, tu jouis donc de plus de temps pour vaquer à tes occupations professionnelles, quand soudain tu es conviée à une réunion…

Aie, c'est là que tout dérape. Tu entres dans la salle, et tu prends place. Depuis que tu es là, tu as déjà eu l'occasion de rencontrer chaque personne présente ici, ou presque… Le problème résidant en fait dans le « ou presque ! »

La réunion débute, mais tu n'écoutes pas, en réalité tu n'entends même pas le son de la voix de la personne qui est debout devant son paperboard. Ton attention est ailleurs, en fait tout près de toi ! Notre intervenant se trouve approximativement à 7 mètres de la table de réunion, autant dire à l'autre bout du monde, car ton attention est portée sur cet homme, inconnu jusqu'ici, directeur de je ne sais quoi, et qui lui est assis juste en face de toi! Tu le regardes, tu le détailles, tu l'analyses. Mais lui ne te voit pas, il est concentré sur ce petit homme qui est debout, un peu plus loin, et qui gesticule tellement qu'il s'expose à chaque instant à un risque de démembrement ! Que t'arrive-t-il ? Tu n'en sais rien, mais là tu te sens différente, il vaut mieux que tu évites de prendre la parole, tu risquerais de dire des inepties plus grosses que toi. Alors tu restes bien assise sur ta chaise, tu essaies de ne pas avoir un air niais, et tu arbores un faciès des plus concentré et tu attends. La réunion touche à sa fin, tu te lèves et discrètement tu t'orientes vers la sortie… De l'air ! Mais que se passe-t-il? Bon sang ce n'est pas possible, tu as une vie imparfaite donc rien de grave, tu es comme tout le monde ! Tu as un job intéressant, tu ne vas pas polluer cet espace en mélangeant sentiments humains et vie professionnelle. Tu dois rester lucide, ici c'est ton lieu de travail, les gens qui comme toi y sont présents ne sont que des professionnels asexués. Dis-toi bien qu'ils ne sont qu'une fonction et ce malaise précédemment ressenti s'estompera !

Les semaines passent, et tu évites consciencieusement cet homme qui éveille en toi une attirance incontrôlable (rien que penser à lui te transporte dans un autre univers). Mais rien que le fait de l'éviter nécessite que tu te tiennes informée de ses allers et venues (et ce dans un but légitime… pour préserver ton espace de travail… pour quoi d'autre? Suis-je crédible ?), et le fait de jouer à James Bond te tient prisonnière de tes ressentis initiaux. Puis un jour, contre toute attente il débarque dans ton bureau ! Certes il a besoin de toi, et ce uniquement en tant que professionnelle, mais peu importe, il est là, dans ton grand placard avec fenêtre ! Tu l'écoutes, mais ton esprit divague, tu lui réponds, mais ton instinct te dicte de ne pas le laisser partir comme ça, tu dois faire mouche… Alors là, ta bouche s'ouvre et un flot de paroles en sort. Tu en es la première étonnée ! Néanmoins, s'il a compris ne serait-ce qu'un dixième de la phrase que tu viens de formuler, tu as de la chance, tu ne passeras pas pour une imbécile ! Il sourit (pour ne pas dire qu'il rit) et s'en va… Qu'as-tu fait ?

À ta grande surprise son attitude à ton égard ne change pas, en fait il te trouve même drôle ! Pour le respect provenant du sérieux professionnel tu repasseras l'épreuve, tu as indéniablement échoué, mais tu le fais rire et là tu as marqué des points ! Vos relations deviennent détendues, joviales… La communication n'en est que renforcée. Ce qui en soi pose un problème important… Qui dit communication renforcée, dit dialogues, échanges… et absolument pas ce qui était ta ligne de conduite initiale, l'esquive ! Plus tu le vois, sous couverts professionnels, plus tu succombes à cet homme. Toutefois tu as des principes : c'est un homme marié, père de famille, et toi qui es mère de famille et également épouse, tu ne tiens pas à mettre le chaos au sein d'un cocon familial. Tu te rappelles de tes cours de philosophie et de cet Homme d'État et philosophe chinois, à savoir Confucius, ainsi que de sa doctrine de perfectionnement moral :

« On doit aimer son prochain comme soi-même ; ne pas lui faire ce que nous ne voudrions pas qu'il nous fît. »

Aie, ta conscience s'interpose à ton désir ! Tu es habitée par un conflit interne… Une chose est sûre : tu ne peux t'ignorer et attendre que le problème se tasse, s'auto flageller n'est pas non plus une solution efficace et fertile, il va falloir te faire violence et choisir une ligne de conduite, quitte à connaitre la frustration ! De toute façon, et afin de faire taire tes émotions et ton imagination, tu essaies également de respecter le commandement numéro X, et tu te raisonnes :

« Cet homme marié a une femme splendide, intelligente, aimante, il a également des enfants sublimes il est donc un homme et un père comblé. Il ne peut absolument pas concevoir que tu sois autre chose qu'une collaboratrice ! »

Et ceci devient ton leitmotiv. Tel le chien de Pavlov, tu te conditionnes, au point de faire naitre en toi des réflexes qui ici ont pour but de te préserver.

Gonflée à bloc, décidée de ne nuire à personne, tu profites de tes échanges avec cet homme, sans jamais tenir de propos tendancieux. Mais un jour, il t'invite à déjeuner... Et là tout dérape, il t'avoue qu'en ta présence il se sent bien, il se sent vivre, que tu es sa bulle d'oxygène. Il t'explique également que sa vie de famille n'est pas un calvaire en soi, mais que cette vie s'est fossilisée. Depuis la naissance de ses enfants, sa vie de couple et devenue uniquement une vie de parents. Il a laissé son épouse s'épanouir en tant que mère (enfin c'est ce qu'il pense...), et il s'est tenu en retrait dans son rôle d'homme. Ponctuellement, il joue au papa, mais il ne le fait que le week-end. Majoritairement lorsqu'il rentre à la maison, il suit le mouvement dicté par la mère de famille, comme s'il s'était mis en mode « à disposition ». Cette vie n'est pas épanouissante, mais il n'en souffre pas pour autant ; En effet, il est en conformité avec les attentes de notre société. Mais depuis quelque temps il redécouvre avec toi l'envie de vivre, de rire, le besoin d'échanger et de ce fait, le plaisir de se sentir exister. Tu culpabilises (à cause de cette femme qui ne t'a rien fait !) et en même temps tu es flattée par ces douces paroles... Et puis tu succombes, et à cet instant tu transgresses le pacte signé à la naissance de tes enfants, plus précisément le commandement numéro VII, tu enfreins une des divines lois...!

Les évènements qui s'en suivent au niveau familial sont des plus rocambolesques. Vous vous soutenez, vous encaissez, et pour cause, vous venez de faire exploser vos vies de couple ! Votre bulle d'air est à partir de maintenant, le travail ! Là tout va bien, enfin, jusqu'à ce que vos collègues soient informés de votre nouvelle relation...

Alors, dans cet environnement là aussi, cela devient la débandade, pire l'anarchie. Tu as dû te tromper de lieu de travail ! Tu vérifies :

Le nom de l'entreprise n'a pas changé ! Le site internet de celle-ci indique toujours la même activité professionnelle que lors de ton embauche.

Et pourtant tu as la sensation d'être une star de cinéma, victime de paparazzis cruels. Tu subis perpétuellement les gros titres qui bien sûr ne te sont jamais dévoilés ouvertement ! Non, ce serait trop simple ! Car il faut que tu saches que tu les as blessés. Certes tu ne divorces pas d'eux, tu ne les obliges pas non plus à changer quoi que ce soit à leur existence. Tes actes n'ont aucun impact sur leur vie professionnelle et personnelle, mais ils fantasment.

Du fantasme professionnel nait la jalousie et cette dernière (la jalousie) est très mauvaise conseillère ! Ils s'imaginent qu'être la compagne d'un directeur fait de toi un être privilégié ! Privilégiée par les emmerdes (pardon !) ça oui, mais où sont les autres privilèges ? Dorénavant ton conjoint est également ton collègue. Lorsque tu rentres à la maison, tu ne parles plus seulement de tes enfants, d'éventuels projets de vacances, non tu parles du boulot, en fait sans le savoir tu viens d'emménager au travail ! Et là ce n'est pas pour être dans les secrets de la Direction, oh non ! C'est pour subir les critiques de celle-ci !

Car il faut bien réaliser que ton conjoint-collaborateur défendra toujours les hommes de terrain ! Maintenant à la maison tu n'es plus une mère-épouse-femme, tu es une collaboratrice- mère ! Dans un même temps, au travail tu es devenue un être gênant ! Les gens imaginent que tu vas moucharder à « ton directeur » (c'est sûr tu n'as que 10 ans et tu te crois dans une cour d'école, c'est d'ailleurs pour cela que tu es cadre !), alors qu'en fait pour toi rien n'a changé (tu vis avec l'homme que tu aimes, pas avec ton chef !). Tu as toujours de l'affection pour les mêmes collègues et tu fais contre mauvaise fortune bon cœur avec les autres, qui plus est tu n'as pas changé ton fusil d'épaule ni ta ligne de conduite. Tu ne t'octroies et il ne t'octroie aucun passe-droit !

En parlant de changer, maintenant que tu ne vis plus avec ton époux, et que tu ne « vis » pas encore avec ton nouvel amour, tes moyens financiers ont fondu comme neige au soleil. Ta voiture est devenue trop grande (ton ex-mari est parti avec le chien, mais pas avec les enfants !) et ton monospace vieillissant te coutant trop cher, tu t'achètes une plus petite voiture en promotion ! Qui dit voiture en promotion, dis que tu ne choisis pas la couleur ni les options, tu choisis (et ce n'est déjà pas si mal !) de payer moins cher ce nouveau moyen de locomotion. Encore une fois tu fais une boulette, décidément ! Tu as pris un véhicule gris métallisé, de marque et modèle identique à celui que la société vient d'acheter à son nouveau commercial ! Alors là ni une ni deux, les rumeurs courent, je devrais dire galopent ! Tu as une voiture de fonction (alors que tu n'es qu'une femme cadre et que nous avons vu précédemment que seul un homme cadre peut revendiquer un tel traitement !), donc tu as cette voiture, car …tu couches avec un directeur ! Là le coup est rude. Mais tu ne dis rien, enfin jusqu'à un certain point, tu ignores la rumeur. Mais un jour, un courageux collègue te pose la question, en fait non il serait plus juste de dire qu'il t'accuse d'avoir un traitement de faveur ! Là tu es outrée, tu as une voiture personnelle et quand bien même ce véhicule te serait attribué pour tes fonctions, en quoi tes collègues ne faisant pas partie de la direction pourraient s'octroyer le droit de juger des équipements dont tu peux bénéficier ? (se renseigner pourquoi pas, mais juger non !) Mais tu culpabilises. Oui tu culpabilises, car ton ex-mari est malheureux, car l'ex-femme de ton nouveau conjoint est hystérique, et puis tu souffres, tu es anéantie par le nouveau comportement de tes collègues. Alors voulant être de nouveau appréciée et être considérée comme leur égale (et pas comme une trainée !), tu réponds à la requête du plus courageux, de celui qui est venu en porte-parole t'accuser d'abuser de passe-droit. Tu lui rends des comptes, tu te justifies en lui montrant ta carte grise, document légal de ton titre de propriété ! Là, étonné, mais imbu de lui-même, peut-être un peu gêné de ne pas avoir raison, il te regarde avec un air hautain (comme dans la pub pour MAAF : « je l'aurai un jour... »). Intérieurement tu ris et tu te dis que cette fois c'est fini. Tu fais erreur ! Les gens se déchainent, tu es un vrai sujet de discussions et de critiques ! Tu n'imagines pas à quel point ! Il parait même que des personnes que tu ne connais pas, que tu n'as jamais vues, parlent de toi pendant leur pause déjeuner, incroyable ! Tu es une Arlésienne...! Afin de rester polie, je te fais grâce de leurs propos atroces, mais je te laisse donner libre cours à ton imagination…

Bref, toutes les peaux de bananes qu'ils trouvent sont disposées devant toi, dans l'espoir secret que tu tombes… Tu apprends même qu'il y a des paris sur la longévité de ta nouvelle relation, à croire que tes collègues n'ont pas assez de travail et qu'ils cherchent une occupation ! Plus tu souffres de cette situation et plus ça les amuse ! Personne ne te fait de cadeaux, alors tu résistes, tu t'isoles dans cette douleur qui est devenue familière, tu vis dans ta bulle.

Lorsque tu penses avoir atteint l'apogée de la méchanceté humaine tu découvres que tu es encore loin du compte, tu n'es qu'une enfant de chœur... Il faut te réveiller, on ne vit pas au pays des Bisounours ! Tu encaisses aussi l'horreur émanant du fantasme personnel des gens ! Alors là cher Lecteur ou Lectrice, je prends le relais en parlant à la première personne du singulier, j'ai trop souffert de tout cela et donc je m'octroie le droit de t'usurper le prochain paragraphe (désolée !)

Le fantasme personnel ! C'est pire que tout... La boite de Pandore de l'âme ! Donc après avoir souffert de la cruauté de mes collègues, qui je tiens à le repréciser n'ont rien subi à titre personnel de mon changement de conjoint, et après avoir encaissé les foudres de colère et de désespoir de mon ex-mari (mais là c'est légitime et même totalement normal, j'ai été horrible et immorale, je le reconnais) j'ai dû faire face à des situations étranges. Pour être honnête, étrange n'est absolument pas le terme approprié, mais je souhaite rester polie, alors faisons comme s'il convenait ! Je pense que certaines personnes nous ont enviés. En effet, beaucoup d'entre nous se plaignent de leur vie, de la morosité de celle-ci, mais peu osent mettre un grand coup de pied dans la fourmilière et dire je vais changer de vie, je vais la rendre meilleure, et ce quoi qu'il m'en coute ! L'ex-femme de mon conjoint lui a avoué qu'elle lui avait été infidèle et ce pendant leur union, mais de là à le quitter elle n'avait pas osé ! Courage, courage quand tu nous tiens ! Eh bien moi je l'ai fait, car si je suis fidèle à une chose, c'est de toute évidence à mes sentiments ! J'aime me regarder dans la glace chaque matin et voir que je suis dans ma vie la même personne que l'image que mon miroir me renvoie ! Je ne joue pas, je suis vraie et je dois dire que cela m'est souvent préjudiciable ! Ce que j'exècre ? L'hypocrisie…. Ce que j'admire ? Le courage d'assumer ses opinions ! Tout à l'heure je parlais de ce collègue qui m'a demandé de me justifier au sujet de mon véhicule, et bien en soi, même si sa requête m'a choquée et même si j'ai été blessée, je reconnais à cet homme la vertu d'avoir eu le courage de me poser ouvertement l'horrible question que tous les autres face à moi, murmuraient du bout des « yeux » !

Mais en définitive ces petites bassesses ne sont rien à côté de ce dont certains sont capables. Durant toute une période qui a duré presque un an, j'ai reçu des appels anonymes (en numéro caché) de personnes qui proféraient des insultes ; mais ces insanités étaient atrocement précises sur la teneur des reproches. Je n'ai jamais su d'où ni de qui provenaient ces appels, par contre c'est terrifiant à vivre. Ils ne s'en sont pas arrêtés là, j'ai également été destinataire de SMS anonymes monstrueux (et oui c'est possible de faire cela depuis internet !). Une autre possibilité de la technologie dont j'ai été victime : des SMS de mon nouveau conjoint, envoyés sur mon téléphone, en train de draguer ouvertement une autre femme ! Alors là j'ai cru que tout mon univers s'effondrait, rien n'était cohérent, il était si tendre, attentionné, et en même temps ces messages ? Je l'ai pris pour un schizophrène, jusqu'à l'explication ! En fait, un ami m'a montré un site internet qui permettait d'envoyer des messages sur le téléphone de quelqu'un, tout en indiquant le numéro d'envoi de son choix ; et il m'a ensuite montré sur mon appareil comment différencier la provenance du message, car il y a une différence et celle-ci est salutaire, elle permet de ne pas être immédiatement internée pour paranoïa ! Des gens ont attenté à mon équilibre psychologique, un attentat horrible, mais efficace, car anéantie davantage à chaque message, je me suis rendue au commissariat le plus proche pour faire des mains courantes. Mais à l'heure actuelle j'attends encore de savoir qui est l'auteur de ces actes ! Quoi qu'il en soit, trois ans plus tard nous sommes toujours ensemble et nous nous aimons, jeu set et match pour nous !!!

Nous sommes toujours ensemble c'est vrai, mais je parle de l'union de mon ''directeur'' avec moi, car pour ce qui est de l'union entre mon employeur et moi, il faut dire que nous avons rompu !

En effet, lorsque tu n'arrives plus à trouver un espace préservé de cette jalousie et de cette haine qui anime ton entourage, alors tu es devant deux options :

1/Soit tu sombres dans la dépression, car tu te noies sous les insultes, les médisances émanant de la jalousie humaine,

2/Soit tu te préserves en mettant en application le dicton : « Pour vivre heureux, vivons cachés ».

Prenant conscience de cela, tu optes au bout du compte pour la seconde possibilité. Tu vas voir ton Big boss et tu quittes ton lieu de travail (ce qui le soulage, car sans oser le dire lui aussi était arrivé à saturation. Lui aussi n'aspirait plus qu'à une chose, que les gens se remettent à travailler et arrêtent de déblatérer. Alors ton départ lui convient, pour ne pas dire que ton départ le rend heureux, il va enfin être tranquille !) Mais ce travail tu l'aimais, ces responsabilités tu les assumais et tu les assumais bien ! Fini la reconnaissance sociale, tu es une femme et tu n'as pas le droit à la tolérance. Ton conjoint, quant à lui, reste dans l'entreprise. Lui n'a subi aucune critique, n'a reçu aucun appel anonyme, aucun SMS insultant, il a une place légitime et propre dans la société qui l'emploie. Et de toute façon c'est un homme, il peut donc faire ce que bon lui semble ! Tu rentres chez toi, malheureuse, sans emploi, et tu te retrouves définie par ton rôle de femme, c'est-à-dire : tu n'es plus qu'un sous-titre !

Voilà un an que tu es partie, que tu es à l'abri chez toi. Tu cherches activement un autre travail, mais en ces temps de crise, il est encore plus difficile qu'avant de trouver un emploi qui te permette d'harmoniser tes capacités, tes compétences, ta condition de mère, de femme, et d'épouse. Alors tu cherches… Parfois, lorsque tu sors de chez toi, tu rencontres d'anciens collègues et là à chaque échange tu sombres. Il faut dire que tu étais attachée à ton emploi, à la société pour laquelle tu t'investissais, ce qui ne rend pas ton deuil aisé.

Lors de ces échanges, tu tombes des nues. Certaines fois, le seul intérêt de ton interlocuteur est de savoir si ton ''directeur'' et toi êtes toujours ensemble, car il parait que vous êtes encore un furieux sujet de conversation et que des rumeurs continuent de courir ! (C'est qu'il n'y a plus de sujets croustillants depuis ton départ ! Ils s'ennuient…) Tu apprends même que ces spéculations sur ta vie de couple émanent et sont entretenues à tous les niveaux (de l'ouvrier au PDG !) Décidément, que feraient-ils si nous n'avions pas succombé l'un pour l'autre ? Devraient-ils enfin travailler ?

D'autres fois, tu es flattée par ce que tu entends ! En effet, certains t'avouent que tu es regrettée, que tes remplaçants (oui ils sont deux hommes, là où tu étais une seule femme !) sont pour le moins incompétents, brouillons, désorganisés, et que de ce fait ton professionnalisme brille par leur absence de rigueur et par l'imperfection de leurs actions ! À cet instant tu rayonnes, mais à cet instant seulement, car tu étais tellement attachée à tes missions, qu'apprendre que les choses vont mal finit de t'achever ! Mais pourquoi ne te rappellent-ils pas ? Pourquoi préfèrent-ils un service approximatif certes exempt de jalousie humaine et de coups bas, à un service de qualité, mais pour lequel la direction devrait affirmer son soutien à ton travail et informer les employés que tes histoires personnelles sont justement personnelles, alors au travail bon sang !

Enfin, les happy-ends c'est certainement une exclusivité cinématographique et littéraire. Dans la vraie vie, on a plus souvent à faire à une fin injuste :

Mais T'inquiète ça pourrait être pire !

La solitude d'un chef et ses rapports avec ses collaborateurs (-trices)

« On considère le chef d'entreprise comme un homme à abattre, ou une vache à traire. Peu voient en lui le cheval qui tire le char. »

Winston Churchill

Il y a plusieurs types de collègues, faisons un rapide tour du propriétaire. Alors au choix ton patron te propose : Le collègue aigri et râleur (et donc frustré), tu as aussi le collègue envieux (et donc très doué pour les commérages), ensuite tu as le collègue je-m'en-foutiste, celui-là mis à part être un peu fumiste et un peu lunaire il n'embête personne, mais il y a toujours le ou la collègue langue de pute (CLP) alors celui-là ou celle-là, tu pourrais la jeter du cinquième étage (enfin, petit rappel : c'est interdit!). Cette personne est toujours en train de critiquer les autres, non pas parce qu'elle est plus doué(e) qu'eux, oh non, mais uniquement pour détourner l'attention de ses collaborateurs vers des proies éloignées d'elle ! Car pour être à l'ouest professionnellement, elle l'est ! C'est certainement la personne la plus inapte, mais elle sait une chose essentielle : le dernier qui critique est souvent celui qui a raison, alors Mr ou Mme CLP fait preuve de critique quasi permanente ! Heureusement, il y a le bon collègue, gentil motivé fiable performant, donc critiqué par ses confrères ! Et toi là-dedans tu es un chef, heureusement pour toi tu n'es pas leur chef à tous, mais tu évolues dans ce marécage nauséabond. Tu fais partie de ce banc de poisson que constitue le personnel de l'entreprise qui t'emploie.

Maintenant que nous avons vu les profils de l'organigramme de la société pour laquelle tu travailles, nous allons étudier ton poste. Tu es un (e) professionnel (-le). Tu as des responsabilités et bien entendu des comptes à rendre à ton employeur. Pour mener à bien les fonctions pour lesquelles tu as été engagé(e) (car tu as le savoir requis), tu peux t'appuyer sur d'autres services (à savoir que pour eux ton boulot est toujours inutile, ou tout au moins pas prioritaire. De plus, vu par eux tu es une personne qui les embête, et tu ne sers presque à rien !) Et enfin tu as des assistant(e)s. Te voilà bien entouré (e) ! En supposant que tu as une assistante dévouée et motivée, ton travail est facilité. Mais il va de soi que cette perle rare ne se trouve pas à chaque coin de rue. Le plus souvent, tu as pour te seconder un membre du CLP ou une personne aigrie, voire un être envieux.

Comme dans chaque travail, il y a des tâches rituelles, certains diraient rébarbatives. Mais ces tâches sont ton fonds de commerce. En fonction de ton poste et de la taille de la société qui t'emploie, tu as entre zéro et cinq subordonnés directs. Il est important que tu saches que les gens qui travaillent pour toi occultent régulièrement le fait qu'ils travaillent avant tout pour un employeur qui est aussi le tien ! Eux pensent qu'ils travaillent pour toi ! Tu deviens donc l'être humain maudit et critiqué. Car il y a une certitude : lorsque tu cherches du travail, tu aimerais qu'un patron s'intéresse à toi, te fournisse un salaire, t'offre la possibilité de t'épanouir à l'extérieur de ton domicile, dans un univers social et rémunérateur ; mais lorsque tu travailles, cet être qui a eu confiance en toi et qui t'a choisi parmi d'autres candidats, cet être-là devient ton ennemi…! Il est un empêcheur de tourner en rond (impossible d'être un poisson rouge !) il te valide tes congés ou te les invalide… il t'augmente ou te laisse stagner financièrement, et surtout, surtout, il te donne un travail à réaliser.

Afin de bien comprendre tes subordonnés, je te propose de prendre tour à tour leur place durant quelques minutes.

Tu es donc employé(e) ; ton patron n'est plus celui qui te verse ton salaire, mais ton chef direct, celui qui te surcharge de travail (car entre nous, nous avons toujours la sensation d'être assujetti à une montagne de travail et que nos collègues ont la belle vie, mais je vais t'avouer une chose : ce n'est pas le cas, tout le monde a cette sensation, et peu sont capables de prendre le recul nécessaire et salutaire pour s'apercevoir que nous sommes tous et toutes logé(e)s à la même enseigne!)

Enfile l'espace d'un instant l'habit d'un être aigri et râleur. Là, tu vas passer tes journées à tempêter contre les décisions injustes de ton hiérarchique. Tu vas te sentir brimé et incompris, tu vas surtout souffrir seul(e) dans ton bureau et tu ne seras pas d'une grande efficacité. Alors ton chef risque d'être souvent derrière toi, il te harcèlera et tu finiras par déprimer voire démissionner, car rien ne sera jamais assez bien pour toi !

Passe maintenant le costume de l'employé envieux. Comment te sens-tu ? Mal, non ? Étriqué peut-être ? Les autres ont de la chance, ils font un boulot intéressant ! Ils ont un chef cool, compréhensif ! Alors afin de te sentir mieux et surtout compris par tes collaborateurs directs, tu profites de tes pauses à la machine à café pour dénigrer ton responsable. Eh oui, à la machine à café tout se dit, et surtout n'importe quoi ! À la machine à café tu refais le monde avec un chef correct, d'ailleurs toi tu serais un super chef.... (Enfin à la machine à café !) Parce qu'une fois assis(e) à ton bureau, tes tâches sont déjà trop lourdes à gérer et surtout personne ne te comprend. Alors ton abruti de chef…!

Changeons de tailleur et enfilons celui du je-m'en-foutiste. Confortable, non ? Là tu es à l'aise, tu as de la place, tu n'es pas à l'étroit dans tes vêtements ! Bon OK, ton chef passe sa vie à venir te voir pour savoir où tu en es… Mais tu es là, et tu vas faire ce qu'il te demande, mais patience…. Tout vient à point à qui sait attendre…! Tu vis bien ton emploi, car tu ne le vois que comme une source de revenus et non pas comme une finalité. Toi tu t'éclates ailleurs, dans un sport, un art, avec des amis. Enfin partout, mais surtout ailleurs ! Et ton chef eh bien s'il veut s'énerver qu'il s'énerve, ce n'est pas toi qui auras un ulcère…!

Et si, il faut poser ce tailleur confortable, désolé… Maintenant, équipons-nous de la tenue la plus vicieuse qui soit… la tenue du CLP ! (rappel : Club des Langues de Pute). Pour cet habit-là, tu es ambivalent(e), car il est certes inconfortable, mais également fort bien agrémenté ! Tu as l'impression d'être tel James Bond équipé d'une multitude de gadgets oh combien utiles pour te faufiler à travers cet espace vicié qu'est ton lieu de travail ! Premier atout utile, un esprit vicieux, second équipement, un vocabulaire dédaigneux et cinglant, troisième et indispensable dispositif, une gueule d'ange… Eh oui, être partisan du club du CLP ne se dévoile pas ! C'est une secte secrète ! Il faut critiquer et détruire ton entourage, mais de façon sournoise. Hors de question de te faire prendre et encore moins d'endosser la responsabilité de tes propos ! Alors pour cela, il faut que ton apparence extérieure reflète un aspect angélique et inoffensif. Lorsque tu es dans ce costume, ta première cible est bien entendu ton incapable de chef, mais également tes crétins de collègues absents ! Habillé de la sorte, tu es habité par la certitude qu'il n'y a que toi qui sois bon, voire même doué, et afin que personne ne puisse venir t'accuser du contraire tu mets en exergue les défaillances des autres ; et s'ils n'en ont pas ou peu, pas de problème ton esprit est fertile, tu en inventes….

Allez dernier déguisement et je te laisserai revêtir ta tenue de chef. Cette fois tu t'habilles en gentil ! Confortable à l'intérieur, mais exclusivement à l'intérieur ! Eh oui, ce vêtement contrairement aux autres n'a pas de cuirasse. Tu es un vrai gentil, c'est-à-dire considéré par les autres comme un être naïf et faible. Tu n'as pas d'équipements de superhéros, tu es simplement toi (et ce n'est déjà pas rien !) Mais justement parce que tu es simplement toi et que tu ne veux de mal à personne, d'ailleurs tu aides tes semblables sans mettre en évidence leurs erreurs, alors tu es fragile. Tu es devenu la cible, celui sur qui l'on peut tirer allègrement, car tu ne chercheras pas à abattre ton agresseur, tout au plus tu te sentiras coupable et essayeras de te justifier. Tu es certainement le plus sain et le plus fiable du circuit, mais le monde du travail est une jungle et tu es entré dans l'arène sans autre équipement que ton frêle corps humain ! Tu finis par être attristé par l'attitude de ton chef qui n'est pas lucide à ton sujet, qui ne prend pas ta défense, mais tu es un(e) vrai(e) gentil(le), tu ne lui en veux pas. Tu es juste déçu (e).

Arrêtons les essayages et analysons maintenant les faits ! Tu es de nouveau toi… c'est-à-dire un chef ! Tu sais l'être imparfait par excellence. Tu fais de ton mieux dans cet univers impitoyable, tu essaies de satisfaire ta direction, tout en contentant tes collaborateurs… Et tu es seul(e). Oui, il faut être réaliste, tu es seul(e). Tu seras aimé(e) ponctuellement, car tu auras abondé dans le sens d'un de tes confrères, mais tu seras détesté (e) la plupart du temps. Ce n'est pas ta faute, c'est ton poste, ton rôle… Et puis si cela peut t'aider, tu n'es pas seul(e) dans ce cas, tous les chefs de la Terre vivent le même calvaire que toi. Certains sont des arbres de bois durs et ils finissent par se briser, d'autres sont des roseaux, et ils plient ponctuellement ce qui leur permet de tenir un peu plus longtemps. Mais presque tous sont sujets à des insomnies dues à leurs responsabilités, à leurs objectifs… Alors oui tu as un salaire supérieur à tes subordonnés qui te détestent, mais toi tu n'as pas le temps de les détester, tu dois être rentable, tu te dois de justifier ton salaire, car ta hiérarchie ne te fera pas de cadeau. Être au sommet c'est être tout seul. Être chef au milieu d'autres chefs, c'est être entre le marteau et l'enclume…!

Mais T'inquiète ça pourrait être pire !

Pourquoi faire travailler une connaissance ?

Si vous saviez les pressions que j'ai reçues, et je n'en tiens aucun compte.

À vouloir rendre service on vit en enfer. Mon père dit souvent (et je le cite) : « l'enfer est pavé de bonnes intentions » ; Je devrais plus souvent écouter mon cher père !

Enfin, toi tu ne l'as pas fait, tu ne connaissais peut-être pas mon père, mais tu vas le regretter !

Donc tu es responsable d'un service logistique, service que l'on peut aussi qualifier de disjoncteur ou de service punching-ball ! (au choix), et ta principale assistante part en congés payés durant trois longues et interminables semaines. En pleine activité (car tu es dans un secteur professionnel où l'activité est très saisonnière), à cette période de l'année tu ne peux te passer d'elle ! Mais il y a des lois et on t'a souvent répété qu'il y a plein d'indispensables dans nos cimetières. Tu t'apprêtes donc à laisser partir à contrecœur ta chère collaboratrice, et tu recrutes une remplaçante. C'est à ce moment-là que tu t'y prends mal, mais très mal…! (C'est dire, tu creuses ta tombe sans même le savoir)

Tu passes une annonce, tu avertis les entreprises de travail intérimaire et tu en parles à tes connaissances. Tu reçois des CV de toutes parts, et tu commences les entretiens. Personne ne te convient réellement, mais ce n'est que pour un mois, alors tu ne vas pas être trop exigeante ! Un soir, en allant chez une amie, tu rencontres la sœur de celle-ci, au chômage, diplômé d'un BTS assistant de manager, ton intérêt s'éveille ! L'entretien n'est certes pas formel (puisque tu es chez ton amie et que vous buvez un porto !), mais en soi, elle tient la route cette fille ! Vous échangez, rien ne te perturbe dans son comportement ni dans son état d'esprit, tu lui proposes spontanément le job ! (erreur, une bonne nuit de sommeil est souvent bonne conseillère !). Elle accepte, ravie ! Et là tu es la reine, ton amie et sa sœur t'encensent ! Tu es la reine oui, mais la reine des idiotes - ça, tu ne le sais pas encore !

Le contrat établi, la sœur de ton amie intègre l'entreprise. Elle est formée par ton assistante (future vacancière ! quelle veinarde !) et tu observes cet apprentissage. Une fois encore rien ne te choque, elle a l'air pas mal cette fille ! Tu interroges tout de même ton assistante, qui elle aussi est persuadée que tout ira bien, la nouvelle comprend vite, aucun souci. Tu es rassurée et confiante.

L'heure fatidique du départ en congés de ta moitié ayant sonné, tu t'appuies maintenant sur la sœur de ton amie. Appelons là Émilie, ce sera plus facile. Mimi est donc opérationnelle, elle patauge un peu dans la semoule, mais rien de bien dramatique puisqu'elle n'est arrivée que depuis une semaine. Tu l'aides donc dans ses tâches, tout en assumant tes responsabilités ! (Ca y est tu as trois jobs !) Néanmoins les trois semaines de remplacement se passent convenablement, et au retour de ton assistante tu laisses partir Émilie sans regret certes (puisque tu as retrouvé ton pilier !), mais sans soulagement (puisqu'elle n'a pas fait de grosses bévues !)

La vie continue, tu gères, tu maitrises, tout va bien (mis à part les aléas quotidiens, mais rien de grave en soi). Jusqu'au jour où (car il y a toujours un jour comme ça !) ton assistante te remet sa lettre de démission ! Elle a trouvé un emploi plus proche de chez elle, mieux payé, et des horaires plus compatibles avec sa vie personnelle. Elle te quitte dans un mois ! Que vas-tu faire ? Dans un premier temps tu gardes contenance et tu la félicites. Mais dans un second temps (et là tu es seule) tu paniques ! Qui va bien pouvoir ingérer tout ce qu'elle sait aussi vite ? Qui d'ailleurs est immédiatement disponible pour apprendre ? Tu recommences ton recrutement, mais cette fois ce n'est pas pour un CDD d'un mois, mais pour un CDI ! (Il faut que tu sois exigeante !) Rebelote, tu reçois les CV puis les candidates (il n'y a aucun mec qui postule), et tu es pressée, le compte à rebours est déclenché ! Rien, personne ne te convient. Ou, si une personne semble être apte au poste, elle est indisponible immédiatement ! Que faire ? Et bien c'est à ce moment précis que tu fais la boulette de l'année… Tu rappelles Mimi ! (second coup de pelle dans l'élaboration de ton ensevelissement) Après tout, elle a bien remplacé ton assistante pendant un mois, elle a donc déjà eu une formation et une expérience pour le poste. Elle sait faire, et elle va s'acclimater voire s'améliorer, tu as ta solution.

Ravie, elle revient. La période de recouvrement est brève, mais elle te semble efficace. Tu es sereine, tout va bien se passer (tu fais erreur !). Les premières semaines ne te font pas paniquer. Elle rencontre des difficultés, mais quoi de plus normal ? Elle débute ou devrais-tu dire, redébute ! Tu l'aides, tu l'accompagnes, tu es patiente… Enfin jusqu'à un certain stade ! Nous avons tous nos limites, et bien Mimi vient de franchir une des tiennes !

À cet instant précis, tu es en colère, mais dans une vraie colère, pas juste fâchée, oh non ! Voilà cent fois que tu lui dis et redis les mêmes choses et voilà cent fois qu'elle se prend les pieds dans le tapis ! Est-elle apparentée à la famille des poissons rouges ? (Combien Y a-t-il de postulants au mode aquatique au sein des entreprises ?) A-t-elle une sauvegarde mémoire de deux secondes ? 25 ans trop jeune pour être atteinte par Alzheimer, quoique tu devrais peut-être faire quelques recherches sur le Net ! (à creuser !)

Alors à cet instant, tu ne peux te contenir davantage. Tu la convoques et tu lui parles. Certes le ton de ta voix et sec, acide même, mais tu ne peux pas admettre plus longtemps ce genre d'erreur. À ton grand étonnement, elle ne s'excuse pas (tu découvriras plus tard que Mimi ne s'excuse jamais !), elle va même jusqu'à te culpabiliser, car tu as employé une intonation de voix qu'elle estime injuste et inappropriée. Tu es atterrée. Tu conclus et la laisses gérer seule ses états d'âme. Tu croules sous le travail, tu n'as pas de temps à consacrer aux hématomes psychologiques de ta collaboratrice. (Avec le recul tu comprendras que c'est à cet instant précis que tu as commis l'erreur fatale ! Tu aurais dû t'accorder le temps de reprendre immédiatement Mimi sur la forme de son comportement ! Jamais tu n'aurais dû laisser passer une telle réaction, car désormais elle a inconsciemment intégré que le droit de te critiquer lui était acquis.)

Le soir venu, tu rentres chez toi, heureuse de pouvoir retrouver tes enfants. Tu oublies le travail, et tu te consacres à tes petits. Le téléphone sonne, sans regarder le numéro qui s'affiche, tu réponds. Et là, tu entends la voix de ton amie (la sœur de Mimi). Cette dernière t'incendie. Pardon ? Mais que se passe-t-il? Tu regardes autour de toi, tu contrôles, tu es bien à ton domicile… Tu as bien ton amie au téléphone, tu dois être en plein cauchemar ! Il te parait inconcevable que ton amie t'appelle le soir lorsque tu es rentrée pour te parler de ton travail ! De plus, tu entretiens en temps normal avec ton interlocutrice une relation amicale, rien à voir avec une relation professionnelle ! De quoi se mêle-t-elle ? Tu écoutes ce qu'elle te crie (car là, elle ne parle plus, elle crache des mots !). Tu attends la fin de l'offensive, puis tu réagis. Comment peut-elle se permettre de t'appeler pour te parler de Mimi ? Comment peut-elle défendre sa sœur sur un sujet professionnel dont elle est totalement ignorante ? À quoi joue-t-elle ? Mais elle n'admet pas tes questions, tu lui dois des excuses, ainsi qu'à sa sœur ! Et elle raccroche ! Alors celle-là, c'est du lourd… Si tu faisais un bêtisier des absurdités entendues, elle ne serait pas simplement nominée, non ! Elle aurait la palme d'or !

Au fil du temps, les évènements vont de mal en pis. Mimi devient de plus en plus infecte, coincée, et revêt un costume de martyr, costume qu'elle estime être un justificatif à ses défaillances. Car plus tu l'observes travailler, et plus tu vois ses manquements. Mais (et c'est là que la situation est complexe !) plus tu essaies de l'aider et de la reprendre sur ses erreurs dans ses procédés méthodologiques, plus elle se croie victime de ton courroux, se pétrifie, et ne voit donc pas la réelle motivation de tes remontrances, à savoir ses défaillances. Drapée dans sa fierté et revêtue de son costume de martyr, elle est ingérable, totalement inefficace, incapable de progresser et enfermée dans son incompétence !

Dans un même temps, elle passe ses soirées à pleurer chez sa sœur, à débiner sur sa chef, en la qualifiant d'horrible mégère insociable et inhumaine, la chef c'est toi ! Ton ex-amie (eh oui, les liens du sang sont impénétrables !) se voyant à son tour investie d'une mission de secourisme, et équipée d'une bouée à tête de canard (ridicule en soi) débarque à ton domicile pour t'expliquer ce que c'est qu'être chef ! Il faut dire qu'elle a de l'expérience en la matière, elle est technicienne de surfaces ! Certes il n'y a pas de sot métier, mais ton ex-amie ne doit pas connaitre l'adage : « Il faut balayer devant sa porte avant de s'occuper de celles des autres ! », pour une femme de ménage c'est un comble ! En fait, là tu es médisante, mais tu en as assez. Tu satures de cette situation. Pourquoi celle qui se disait ton amie, qui n'a aucune expérience en matière de management, s'interpose-t-elle dans ta vie professionnelle ? Parce que tu as embauché sa sœur ? Mais est-ce que tu appelles le patron de ta mère, lorsque celle-ci te dit qu'il lui a parlé de façon irrespectueuse ? Non ! Tu te contentes de réconforter ta chère maman ! Alors tu remets ton ex-amie à sa place, et tu tires définitivement un trait sur votre relation.

Mais Mimi est encore là ! Et elle n'a pas l'intention de quitter le navire ! Elle est même assez fière du pitoyable travail qu'elle fournit, et est assez imbue de sa personne pour critiquer ses collègues ! Tu rêves toute éveillée ! Un vrai sujet de sketch cette fille. Néanmoins, tu ne laisses pas passer ses erreurs. Ce n'est pas ses tentatives d'intimidation qui vont avoir raison de toi. Tu es une professionnelle, tu as un service à faire fonctionner. Mais dès lors qu'elle apprend que sa sœur est persona non grata chez toi, et que de ce fait elle n'a plus d'allié, elle commence à débiner auprès de tes collègues sur ta vie privée. Je te l'avais dit, tu as fait rentrer le loup dans la bergerie !

Une fois encore, tu ne t'effondres pas. Tu as une ligne de conduite et tu t'y tiens. Mais étant toujours aussi peu rigoureuse dans son travail, elle continue à faire boulette sur boulette ! Et tu ne la loupes pas ! Oh non, ce serait dommage ! Mais elle se rebelle ! Étant l'ex-amie de sa sœur, elle revendique le droit d'être traitée d'égale à égale, et peu importe ton poste et tes responsabilités ! Summum du ridicule, elle s'octroie le droit de te réprimander, pour ne pas dire de t'engueuler ! Là tu es sur un ring de boxe... Le gong vient de retentir, le match a débuté, tu n'as pas le choix, tu dois gagner !

Victoire écrasante, elle pose sa démission dans un coup de colère. Tu souris, tu es victorieuse... Mais tu te repentis (une fois seule bien sûr !), tu fais le serment que plus jamais au grand jamais, tu n'embaucheras qui que ce soit que tu connaisses ou qu'une de tes connaissances te présente ! Ah ça non, tu le jures !

Mais T'inquiète ça pourrait être pire !

La vengeance du Pygmalion

« Celui qui recherche la vengeance devrait commencer... par creuser deux tombes. »

Confucius

Être une égérie est, je pense, plus viable qu'être la proie d'un homme qui se prend pour un Pygmalion... Sais-tu pourquoi ?

Si ta réponse est « non » sache que cela est normal, mais également que tu as une chance inouïe ! Afin que tu cernes bien les raisons qui me poussent à t'affirmer cela, je vais te rappeler une petite chose concernant le Pygmalion : (par définition) ce personnage est un homme amoureux de toi, qui t'apprend les bonnes manières...

Le problème réside dans le terme « amoureux » de toi ! Alors comme nous l'avons vu précédemment, il joue avec toi, il s'amuse à te façonner selon ses désirs, et il s'attend à ce que tu succombes à son charme... Mais toi tu es amoureuse de ton directeur, ce qui n'entre pas dans le schéma que ton Pygmalion s'est représenté et ce dernier en souffre. Le jour où le couple que ton directeur et toi formez éclot au grand jour, notre Pygmalion perd le contrôle de lui-même... Il est jaloux et anéanti... En soi ce n'est pas anormal, ce qui l'est par contre, c'est qu'il ne fasse pas contre mauvaise fortune bon cœur, et qu'il ne passe pas à autre chose. Non, ton Pygmalion est un être ambivalent. Il est par moment habité par des sentiments de mal-être et d'infériorité (vis-à-vis de son père, ce qui génère en lui une faille narcissique gigantesque), et en d'autres temps, il est investi par la toute-puissance… Fort de ce sentiment de supériorité, il ne comprend pas et admet encore moins que tu puisses être sous le charme d'un autre homme que lui… Certes lorsqu'il t'a recrutée tu avais un mari (mais cela est dû au fait que tu ne le connaissais pas avant, tu es donc pardonnée, car tu ignorais jusqu'à son existence…!), Mais que tu puisses faire exploser ta stabilité de couple au profit d'un homme autre que lui, cela est inacceptable et injuste, tu n'es même devenue à ses yeux rien de moins qu'une petite vermine ingrate !

Son égo est touché, que dis-je, son égo est totalement ébranlé ; son amour propre est piétiné, sa fierté est dévastée. Tu es une femme odieuse, tu as osé ne pas succomber à son charme, ne pas être éprise de lui et par voie de conséquence ne pas te soumettre à lui ! Comment oses-tu ? Lui qui t'a métamorphosée en un être sublime, alors que tu n'étais rien lorsqu'il a posé les yeux sur toi ! (Restons lucides, tu n'as jamais été une femme sans saveur, tu étais comme maintenant. Je ne te retranscris là que ce que Mr Pygmalion pense en son for intérieur !). Il est tellement dévasté par l'annonce de ta trahison (oui tu l'as trahi… À ses yeux ton mari n'est pas à plaindre, il a ce qu'il mérite, car il ne te méritait pas. Mais lui est la victime de tes mauvaises décisions, de ton manque de perspicacité, de ton esprit si peu subtil, car lui te méritait, ou plutôt il pensait que tu étais sienne…!) Tu viens en un instant de te faire détrôner : Toi qui étais son joyau tu es devenue une vulgaire trainée inconsistante et puérile. Malgré ses efforts incommensurables pour te rendre fabuleuse tu t'es détournée de lui et tu l'as renié. Dès lors, tu es selon lui, un être abject.

Et cela, il va te le faire payer (mais auparavant, permet moi de te remémorer une citation : « Le diable se cache dans les détails ! » Et maintenant sache que tu vas être cernée par les détails!…) Il n'est absolument pas en mesure de contenir ses émotions, mais également tout aussi incapable de dialoguer avec toi afin de crever l'abcès qui le gangrène. Non, être capable de dialogue et une faculté qu'il n'a pas ; lui il préfère le monologue. Alors, il se mure dans un silence haineux à ton égard et il part en guerre. Comme tout bon pyromane social il a une excellente connaissance malsaine du feu… Tu as refusé d'être sa marionnette, tu seras donc sa Jeanne d'Arc, car tout comme elle tu as déclenché la passion, sa passion et il sera donc ton anglais… Telle une sorcière tu brûleras sur le bûcher…Mais pas à Rouen… Non, il est inutile que ton bûcher soit réel, le tien sera psychologique et social !

Afin de marquer son mécontentement à ton égard et de faire en sorte que tu te sentes vulnérable, il commence par t'isoler. Il entretient des relations amicales et absolument non professionnelles avec tes assistantes. Ces dernières, flattées d'être enfin devenues attractives pour le fils du PDG, s'empressent de lui relater tes moindres faits et gestes. Fort d'une capacité intrinsèque à l'exagération et à l'affabulation, il commence à semer çà et là des rumeurs à ton encontre. Mais quel que soit le terrain, une rumeur est telle une mauvaise herbe : résistante et elle prolifère toujours extrêmement vite. Tu es donc ainsi la cible de ragots, et de propos calomnieux. Il a allumé le feu et maintenant, avec délectation, il le regarde s'embraser… Toute personne normalement constituée considèrerait que ceci est immoral, et qu'il est évident que sa vengeance est de ce fait plus qu'aboutie, eh bien non…! Ce n'est que le début, les prémices…! Lorsque l'on est pyromane, on ne s'arrête pas en si bon chemin : les préliminaires ne sont rien d'autre qu'un éveil des sens, mais pour atteindre l'extase, un feu incandescent est indispensable et lui sait faire feu de tout bois…!

Il va donc user et abuser des spécificités de chaque poisson rouge évoluant dans l'entreprise. Puis, nous le verrons dans un second temps, il sortira de son bocal pour également aller polluer l'océan dans lequel tu évolues…

Petit rappel des personnalités évoluant dans l'entreprise, il y a donc :

Le collègue aigri et râleur, le collègue envieux, le collègue je-m'en-foutiste, le collègue langue de pute et enfin le bon collègue…

Afin que son feu brûle selon ses désirs pervers, et après t'avoir isolée, il commence bien évidemment par se mettre en victime auprès de tes collègues ayant leur carte du CLP… Ces derniers sont des gens très ouverts lorsqu'il s'agit de critiquer autrui, et on peut dire qu'ils sont réceptifs aux propos de ton ex-Pygmalion ! Ils se délectent de la situation et la pimentent avec des : « Il parait que…, mais je ne t'ai rien dit ! ». Toutefois ce poisson CLP n'est pas un poisson très fiable, naviguant en eaux troubles, il se retourne parfois contre celui qui le nourrit ; et ton Pygmalion ne sort pas indemne de la situation (tant mieux !). En effet, il a éveillé l'appétit des membres du CLP, mais il ne les a conviés qu'à un apéritif, or ces derniers font preuve d'une voracité gargantuesque… N'ayant pas assouvi leur faim, ils extrapolent donc au sujet de cette histoire et n'étant pas fan de « one man show », intègrent le narrateur aux péripéties et aux infamies de la cible initiale. Ton Pygmalion est donc également au cœur des rumeurs et des méchancetés. Cependant il n'en souffre pas. Équipé d'une oreille sélective, il occulte les propos qui le concernent et il continue son projet dévastateur…!

Il passe donc à la seconde salve et attire l'attention du collègue envieux… Pour ce dernier, ou devrais-je dire ces derniers, le procédé est simple : Il met en avant tous les avantages que tu pourrais obtenir de ta nouvelle relation ; Il omet sciemment d'informer son auditoire des inconvénients inhérents à une fusion intra professionnelle ! Une fois chauffés, les envieux deviennent incontrôlables à ton égard. Mais néanmoins ils sont partiellement francs ! Ils te font sentir que tu es devenue persona non grata et ils te toisent régulièrement du regard, ce qui a pour conséquence de t'isoler davantage. Quant à Mr Pygmalion, ces derniers sont inoffensifs pour lui. Il est même devenu une personne charmante puisqu'il les a mis en garde du potentiel danger que tu pouvais représenter ; et un homme averti en valant deux, ils lui en sont reconnaissants…! Là ton ex-Pygmalion jubile !

Alors il peut accéder à l'étape numéro trois…! Le collaborateur aigri et râleur…! Tel le collaborateur envieux, il lui saura gré de la mise en garde formulée par ton chef. Mais lui ne se contentera pas uniquement de te toiser ou de te mettre à l'écart, non ce serait trop simple ! Lui est, nous l'avons dit : aigri et râleur, ce qui signifie que dorénavant tu pourras faire de ton mieux pour effectuer un travail intelligent et productif en collaboration avec ce collègue, tu n'y arriveras plus jamais. Il pestera perpétuellement contre toi, tu seras la source de ses difficultés, le bouc émissaire idéal ainsi que l'élément à abattre ! Et qui plus est, il le fera ouvertement savoir à qui veut l'entendre…!

Dernière étape du Pygmalion : Non, il n'utilisera pas le collègue je-m'en-foutiste, ni même le bon collègue, ses actions risqueraient d'être vaines, et il n'est pas fou. Il aime le feu, alors il craint l'eau, et ces deux-là sont de vrais poissons de mer, habitués à vivre loin des côtes et des inepties des poissons d'aquarium ; le résultat potentiel est donc trop incertain… Pour mener à bien son projet fumant, le Pygmalion va sortir de l'aquarium de l'entreprise et va maintenant s'en prendre à ton environnement extra-professionnel ! (mari, fournisseurs, autres…!)

Il se trouve que par le passé, tu lui as offert une arme, mais à ce moment-là tu ignorais que s'en était une : un jour, tu lui as présenté ton époux… Tu as même été jusqu'à lui donner d'utiles informations, qui à l'époque te paraissaient insignifiantes. De ce fait, il sait maintenant où trouver ton ex-mari…Et il ne va pas se gêner ! Tu as quitté ton époux pour un homme autre que lui, alors il va aller alimenter le père de tes enfants sur ton infidélité, ainsi que sur ce qu'il estime être ta perversité ! Étant donné que ta rupture est toute fraiche et donc non cicatrisée, ton ex-mari est loin d'être fermé aux infâmes propos tenus par ton chef. Il se met à son tour à te polluer l'existence sur le plan privé, ce qui ravit ton ex-Pygmalion ! De plus, cet être pervers ne se limite pas à ton ex-conjoint, il va également dispenser à la ronde la bonne parole à tout être humain susceptible de l'écouter… (Et sache que malheureusement, il y en a beaucoup !).

Te voilà en position fortement inconfortable. Tu vis un véritable enfer. Nul lieu n'est paisible, la quiétude ne fait plus partie de ton quotidien, tu as juste envie de pleurer et de fuir ! Mais tu ne leur donneras pas cette satisfaction, tu es une personne forte et fière, tu encaisses et tu suis ta ligne de conduite. Entre nous, ton ex se lassera plus vite que ton Pygmalion de ce bûcher, érigé à ton insu. Étant maintenant seul, il tournera la page et essaiera de reconstruire une nouvelle vie loin de toi. Mais ton chef évolue quotidiennement dans ton sillage. Il ne peut se résoudre à oublier et à reprendre son petit bonhomme de chemin ! Il n'aura de cesse de te voir souffrir… Et il aime cela, tu es encore son seul intérêt, la seule drogue qui le transporte loin de sa misérable condition de fils raté ! Il n'a cependant pas le pouvoir de maintenir le feu perpétuellement à son apogée ; il convient donc qu'il est plus vicieux et intéressant de faire fluctuer son intensité. Ce qui te donne donc certains moments de répit, avant qu'il ne réalimente ses réseaux sociaux et qu'ainsi les flammes viennent de nouveau lécher ton corps fébrile et à moitié carbonisé !

N'étant pas un poulet, ni même cette chère Jeanne d'Arc, tu décides finalement de quitter cet environnement étriqué et hostile. Tu sauves ce qui reste de toi, tu t'offres une issue salvatrice, d'ailleurs qui d'autre que toi pouvait te faire sortir de cet enfer ?

Tu apprendras ultérieurement que lors de ton départ, ton cher ex-Pygmalion aurait dit :

« Bon vent ! On a bien fait de la virer celle-là ! Elle était totalement incompétente ! »

Alors pour ton salut, je tiens à rectifier diverses choses :

1/Personne ne t'a viré, tu es partie de ton plein gré !

2/Tu n'étais pas incompétente ou si tu l'étais c'est qu'il s'est allègrement fourvoyé puisque c'est lui qui est à l'origine de ton recrutement ! Maintenant, il assure tes anciennes fonctions (et ce, que partiellement) et tu entends régulièrement des gens de l'entreprise dirent à quel point ils te regrettent et à quel point ton ex-chef n'est qu'un incapable, imbu de lui-même ! Alors je te le demande : Qui donc est l'incompétent ?

Je t'affirme que tu as bien fait de te préserver d'une mort certaine, ou tout au moins d'un burn-out qui s'avérait inévitable. Et maintenant : Que ton ex-Pygmalion aille au diable ! (après tout là-bas il y a des flammes, il y sera comme un poisson dans l'eau !)

Mais T'inquiète ça pourrait être pire !

La retraite

Le jour où tu estimes que « quelque chose » est acquis, il vient juste d'être perdu, et ce tant au niveau privé que professionnel.

Voilà, tu as le moral dans les baskets ! Tu reviens de chez tes parents, où tu as croisé ta tante qui se lamentait sur sa future retraite…! Elle a certes encore sept années de travail à faire au sein de notre société avant de pouvoir prétendre à percevoir sa retraite, et je dis sept années en tenant compte des récentes réformes de notre président, mais elle n'aura jamais assez d'argent pour vivre convenablement une fois devenue inactive ! Ce n'est pas sept ans qu'il lui faut avant d'être en retraite et de profiter des belles années qui lui reste, non c'est un miracle qui serait le bienvenu !

Après une soirée entre amis, lors de laquelle elle a été victime de moqueries de ton oncle elle s'est renseignée. Oui, ton oncle a réussi à lui balancer en présence d'invités, qu'il valait mieux pour elle qu'il ne la quitte pas, sinon elle serait limite SDF dans sept ans ! Cette phrase lui a mis la puce à l'oreille et elle a vérifié ! Pour tout te dire, ce n'est pas totalement faux !

En effet, s'étant mise pendant cinq ans à mi-temps pour élever les enfants du couple (c'est-à-dire ceux de son mari aussi !) elle n'aura pas le droit à une retraite complète de la sécurité sociale… Et on parle d'égalité des sexes ? Oui c'est possible, enfin partiellement et dans un couple sans enfant ! Alors, lorsqu'elle aura 62ans, riche de ses 39ans et demi de cotisation (oui elle a travaillé 5 longues années à mi-temps ! C'est vrai que pendant ces 5 ans, elle ne faisait rien d'autre chaque après-midi que la sieste !), et même si elle a cotisé à des caisses complémentaires (et oui elle y a pensé !) sa retraite ne sera que peau de chagrin ! En effet, à travail égal et à compétences égales une femme est moins rémunérée qu'un homme (sauf dans le public !) Et comme les cotisations sont fonction du salaire perçu (c'est un pourcentage du dit salaire !) elle aura une pension de retraite plus faible que celle d'un homme, et ce même si elle avait travaillé à plein temps en sacrifiant ses rejetons. Alors en ayant passé cinq ans à mi-temps, tu fais le calcul…!

Tu es consternée pour elle, et pour toi dans la foulée, car c'est aussi ce qui t'attend ! Ton mari souhaite que tu prennes soin de tes enfants… (Car lorsqu'il s'agit de se mettre à mi-temps ce sont tes enfants !) Jusqu'ici tu résistes et tu ne prends que tes mercredis après-midi ! Mais te voilà maintenant certaine de savoir pourquoi tu ne le fais pas ! Tu veux vivre convenablement toi aussi. Tu ne veux pas dépendre de lui. Si tu restes avec cet homme, c'est parce que tu l'aimes et non pas parce que tu n'as pas le choix ! Tu cotises bien à des caisses complémentaires, tu travailles à temps plein, et tu fais ton marathon quotidien entre tes enfants et ton travail, et tu es moins payée qu'un homme (tu es dans le privé !) Tu auras donc une petite retraite !

Alors tu te poses des questions… Que faire ? Investir dans l'immobilier ? Si seulement ton salaire te le permettait ! Gagner au loto ? Ça ce serait cool, mais il faudrait déjà te mettre à jouer ! Il n'y a pas de miracle…! Heureusement, tu as eu tes enfants lorsque tu étais jeune. Ils devraient donc être financièrement indépendants lorsque tu auras atteint l'âge d'être en retraite…! Enfin, espérons-le ! Au passage espérons aussi qu'ils auront eu la bonne idée de ne pas s'installer à proximité de chez toi, et qu'ils ne te prendront donc pas pour une nourrice ! C'est qu'une fois ta maison payée, ta misérable retraite perçue et ta santé encore pas trop défaillante, tu voudrais bien vivre un peu et profiter beaucoup du temps qu'il te reste! Certes tu veux bien t'occuper de tes futurs petits enfants et ce ponctuellement, mais tu ne veux pas être vampirisée par leur présence quasi permanente !

Un peu chamboulée par tout cela, et certaine qu'il y a une issue positive à imaginer, tu commences aussi à te renseigner ! Il est vrai que tu n'as que 33 ans, mais mieux vaut être prévoyante ! Compter sur un héritage est aussi stupide que d'espérer toucher la cagnotte du Loto ! Tes parents ne sont pas Crésus, sinon tu serais rentière et sans futur problème de revenus. En plus de cela, tu n'as pas l'intention qu'ils meurent jeunes ! Autant oublier ! Quant à tes chances de gagner au loto, elles sont infimes ! N'y-a-t-il pas un dicton qui dit : « on n'est jamais aussi bien servi que par soi-même » ? Alors, servons-nous ! Mais le dicton ne dit pas comment ! Ah, si l'homme qui a prononcé cette phrase avait pu prévoir ton problème de retraite, peut-être aurait-il renoncé à la dire ! Ou aurait-il pu l'étayer d'exemples…!

Tu es donc momentanément bredouille ! Et en fouinant un peu dans les éventualités qui s'offrent à toi, ton moral chute de quelques graduations ! Tu es divorcée (ça nous le verrons plus tard !) et tu es remariée (ça nous ne le verrons pas, mais sache que tu le seras !) Et là pour couronner le tout tu es remariée avec un homme ayant un passé ! Tu ne me suis pas ? Tu ne vois pas où je veux en venir ? Alors je vais t'expliquer !

Étant une femme, dans un pays industrialisé, tu devrais vivre en moyenne 6 à 8 ans de plus qu'un homme. (En France, l'espérance de vie est d'environ 84 ans pour les femmes et 77 ans pour les hommes).Étant mariée avec un homme plus âgé que toi (c'est souvent le cas, car ces messieurs aiment se sentir jeunes et désirables ; alors quoi de mieux que partager la vie d'une femme plus jeune qu'eux, pour leur renvoyer cette image de Don Juan!),il y a beaucoup de chance (je pourrais aussi dire risque!) que tu te retrouves seule, sans mari, et sans sou! En effet, une femme veuve touche la pension de réversion de son défunt époux ! Précision : La pension de réversion est une partie de la retraite dont bénéficiait ou aurait pu bénéficier l'assuré décédé, qui est reversée à son conjoint survivant ou à son (ses) ex-conjoint(s)si certaines conditions sont remplies.

Oui tu as bien lu, à ses ex-conjointes ! Tu ne seras donc pas l'unique bénéficiaire, tu devras partager cette modique somme avec l'ex de ton défunt mari !

Car, il faut être marié ou avoir été marié avec l'assuré social décédé pour percevoir une pension de réversion. Le PACS et la vie maritale (concubinage) avec l'assuré décédé ne permettent pas d'obtenir une pension de réversion, même dans le cas où les partenaires ou concubins ont eu ensemble des enfants. Or ton nouvel amour et son ex-femme ont été mariés pendant 20 ans…. Tu vas avoir des cacahuètes ! Il te faut vraiment, mais vraiment, un plan de secours ! Et tu ne sais pas encore lequel !

Alors provisoirement, le temps de trouver un plan diabolique pour vivre une retraite idyllique au soleil, là où tes futurs rhumatismes te feront le moins souffrir, tu décides de mettre en application une fable de Jean de La Fontaine, la cigale et la fourmi, et tu décides que pour toi le temps de chanter n'est plus. Maintenant, à toi les économies !

Antoine a besoin d'un jeans ? Ok, tu vas lui acheter un pantalon à 25€ et ce pendant les soldes lors de la deuxième démarque (celle à - 50%), et tu mets les 25€ non dépensés dans une boite (celle de l'avenir !). Je dis boite… ça peut aussi être un compte en banque rémunéré, ce qui est plus judicieux ! Mais afin que ce soit réellement un choix judicieux, je te donne un conseil : oublie le numéro du compte, ne retire rien… Sinon tu auras dépensé tes économies avant même d'avoir atteint l'âge d'être vieux et pauvre !

N'y a-t-il pas d'autre solution ? Tu appelles tes grands-parents… Tu les interroges, comment font-ils ? Et là, tu découvres la triste vérité : ils font attention ! Non, ils ne sont pas cigale… Eux aussi ont lu Mr De La Fontaine, et eux aussi ne chantent plus, ils déchantent ! Tout comme toi, ils économisent. Pourquoi crois-tu que même s'ils sont en forme et en retraite (donc sans contrainte professionnelle et parentale) ils ne partent jamais ou presque en vacances ? Ce n'est pas parce que tous leurs amis habitent dans le village… ce n'est pas non plus parce qu'ils ont déjà tout vu, loin de là ! Ils sont comme toi, ils vivent en calculant ! Un avantage, ils savent compter, et ça entretient le cerveau… Non c'est une blague, pour çà ils jouent aux mots croisés ! Tiens ça aussi tu viens de le découvrir, pourquoi jouent-ils aux mots croisés, hormis le fait que ça les occupe et que ça entretient leur mémoire ? Eh bien parce que ce n'est pas cher ! Un abonnement au golf qui est à proximité de chez eux et pour un couple, 328€ par mois ; l'abonnement au magazine des mots croisés, 76€ par an pour 52 numéros ! Le calcul est vite fait, ils font des mots croisés ! Mais au passage ils t'ont soufflé que pour Noël ce qui leur ferait vraiment plaisir c'est un abonnement annuel au Sudoku ! (Ils sont en retraite, mais ils ne perdent pas le nord…!)

Bref, avec tout ceci tu n'as pas encore ta solution miracle et ton moral vient de baisser d'un cran... Tu continues donc à te creuser les méninges et en attendant qu'une subite idée de génie illumine ton esprit fertile, tu décides de faire la fourmi... On ne sait jamais...!

Quoi qu'il en soit, après avoir réuni l'ensemble de tes amies et leur avoir exposé le problème, vous décidez que vous êtes toutes dans le même bateau. Alors au pire vous habiterez toutes ensembles, et ainsi vous serez peut-être toutes pécuniairement pauvre, mais amicalement riche, et ce n'est déjà pas si mal !

Mais T'inquiète ça pourrait être pire !

Devenir propriétaire...

« L'ornement d'une maison ce sont les amis qui la fréquentent. »
Ralph Waldo Emerson

C'est le jour J, tu sors de chez le notaire, tu es heureuse, tu viens d'acquérir ton premier bien immobilier. Tu es certes copropriétaire des lieux, mais ça y est, tu n'es plus locataire ! L'acte de vente signé, les anciens propriétaires salués (au demeurant forts sympathiques à ce moment-là), tu vas faire le tour du propriétaire. Armée d'une bouteille de champagne, enchantée d'être enfin détentrice d'un conséquent emprunt immobilier (car il ne faut pas te leurrer, pour l'instant rien ne t'appartient ! La banque est ton investisseur, ton créancier, et tu es son débiteur ! Le bien n'est donc pas à proprement parlé le tien.) Tu arrives dans ta nouvelle demeure et oh stupeur, maintenant que les lieux sont vides de tout mobilier, tu découvres des imperfections ! Tu ne sais même pas si on peut techniquement qualifier cela d'imperfection, car à vrai dire l'état des lieux est à couper le souffle (mais pas réellement dans un sens positif !) Tu es estomaquée, les anciens propriétaires avaient posé le parquet autour des meubles... et là, par endroits, devant tes yeux éberlués, une dalle de béton te nargue ! Tu poses la bouteille de champagne (tu ne la boiras pas aujourd'hui) et tu t'assois consternée. Tu ne sais pas si tu dois rire ou pleurer... L'emprunt que tu viens de contracter comprenait certes l'achat du bien, plus un budget pour quelques menus travaux, mais il n'était absolument pas prévu de remettre totalement en état ton acquisition ! Tu respires profondément… et tu appelles ton père (grand bricoleur devant l'éternel !)

À l'arrivée de ce dernier, toujours en état de choc, tu ne prononces pas un mot, mais ton regard en dit long… Il évalue sans rien dire les dégâts, et fait une estimation du montant des travaux urgents. Pendant ce temps, tu fais mentalement tes adieux à ta cuisine intégrée de grande marque et tu vas chercher dans ton véhicule ton catalogue IKEA ! À ton retour, ton père t'annonce le montant du budget qu'il vient d'évaluer à la louche… et le temps imparti pour qu'il puisse (avec quelques amis et de la famille) faire les travaux de première nécessité ! Tu es sidérée ! Tu dois avoir quitté ton appartement pour lequel tu es locataire, dans cinq jours… Ni une ni deux, tu pars faire les magasins de bricolage, armée de la liste de matériel que ton père a glissé dans tes mains tremblantes. Tu trouves rapidement le matériel dûment noté. Là tu vas à l'essentiel, tu n'as pas le temps de commander un parquet plus joli, et tu prends ce qu'il y a en stock ! Pendant ce temps ton cher papa a ameuté les forces vives, et à ton retour, à peine sortie de ta voiture qui déborde de toutes parts de matériaux, il t'annonce que le début de la mission de sauvetage est pour le lendemain !

La nuit est longue, surtout lorsqu'il est impossible de fermer un œil ne serait-ce qu'un instant. Des images horribles s'imposent à toi… tu te vois avec tes enfants sans chauffage et sans eau courante (et je ne parle pas d'électricité !). Des images diaboliques défilent devant tes yeux, les rires stridents des anciens propriétaires sifflent à tes oreilles (ça y est, tu es souffrante, tu es sujette à des acouphènes monstrueux !) Le jour suivant ne se lève pas… Mais pourquoi as-tu voulu devenir propriétaire ? Ton appartement était joli, confortable et le loyer n'était pas si exorbitant finalement !

Les jours passent, une dizaine de personnes évoluent chez toi. De l'aide émane de toute part. Des amis, de la famille, des inconnus (certainement des connaissances de connaissances), mais qu'importe tout ce petit monde est venu à ton secours et pour ça tu les aimes tous ! Tu n'as pas le temps d'aider qui que ce soit à entreprendre des travaux. Toi, tu es perpétuellement missionnée pour aller acheter ceci, préparer cela… En clair tu fais les courses ! Et ça tu maitrises à un détail près… La plupart du temps tu ne visualises absolument pas ce que l'on t'a demandé d'aller chercher. Alors tu adoptes une technique originale : tu te rends dans les magasins de bricolage, là tu trouves un vendeur et tu lui passes au téléphone un des bricoleurs se trouvant à ton domicile. Nos chers hommes échangent, réfléchissent, négocient et enfin le vendeur te tend ce qu'il ne te reste plus qu'à payer et à ramener fissa à ton domicile ! C'est épatant !

J+5, tu emménages ! Ils ont été d'une efficacité à toute épreuve. Certes les travaux sont loin d'être achevés, mais l'appartement est viable. Tu as de l'eau, une cuisine IKEA flambant neuve, de l'électricité et même un moyen de chauffage. Que vouloir d'autre ? Plus de poussière ? Ça va venir ! Plus d'odeur de peinture ? Ça finira par s'estomper… Tu t'assois et tu fais le bilan :

Donc tu as changé le parquet, tu as également été obligée de réisolé thermiquement les murs extérieurs qui (et tu l'as découvert en retirant l'horrible papier peint) étaient à nu ! Au passage, trois personnes ont refait l'électricité de la pièce principale (le reste de l'appartement étant maintenant à faire au fur et à mesure…!) Tu as une belle cuisine IKEA, et ton budget travaux est à -3000 € ! Tout va bien…! Mis à part pour ton banquier, mais lui tu t'en occuperas un autre jour !

Tu relativises, tu es enfin propriétaire… Mais où est donc cette fichue bouteille de champagne ? Attends, avant de boire et de fêter ton entrée dans les soucis de l'acquisition d'un titre de propriété, tu prends un papier et un stylo et tu listes ce qu'il te reste à rénover !

1/ Refaire intégralement les 3 chambres (isolation, électricité, parquets et oui il y a des trous…!)

2/ Rafraichir la salle de bain (électricité, isolation, plomberie, et changement de la baignoire !)

3/ Changer la porte de garage qui ne s'ouvre plus ! Et au passage mettre une vraie porte d'entrée (enlever d'urgence l'horrible porte non conforme qui a 3 verrous branlants !)

4/ Refaire les crépis intérieurs (jaune et violet ce n'est pas laid, mais un peu trop agressif ! Tu mettras quatre couches de blanc, ça devrait momentanément suffire)

5/ Le jardin… Alors là, tu ne sais pas si tu ne vas pas demander à l'adorable agriculteur local de passer avec son tracteur et sa herse. OK ton jardin ne fait que 100m2, il risque de ne pas pouvoir y accéder, mais comment faire c'est une vraie jungle !

6/ Mettre de façon urgente des doubles vitrages ! (La maison était-elle réellement hors d'eau et hors d'air ?)

7/ Acheter des paquets de mouchoirs, car tu es sur le point de fondre en larmes !

Bonne nouvelle tu viens de retrouver ta bouteille de champagne, mais elle est vide…! Qui a fêté ton accession à la propriété sans toi ?

Reste positive, tu as un travail, donc un salaire, et tu as le temps ! Ton grand-père dit toujours : *chi va piano, va sano e va lontano* Tu ne sais pas jusqu'où tu iras, mais un pas après l'autre, et surtout respire ! Tu es propriétaire, ce n'est que le début !

Mais T'inquiète ça pourrait être pire !

Les voisins

« Choisir ses voisins est plus important que choisir sa maison. »

Proverbe chinois

Commençons par nous poser une question en apparence simple : les voisins, sont-ce une bénédiction ou une damnation ? La réponse n'est pas si évidente…! Et pour cause !

Tout d'abord il y a deux types de voisinage. Le voisin de palier, un copropriétaire ; et le voisin dont la maison est construite à l'autre bout de ton jardin ! Comme me le dit régulièrement une amie (encore une fois je cite une source personnelle !) : « Il vaut mieux un petit chez soi, qu'un grand chez tout le monde ! », nous allons donc partir dans un logement bâti en copropriété !

Tu as, nous venons de le voir, acquis un bien immobilier, mais il est en copropriété. Tu es détenteur du rez-de-jardin et d'un garage. Tes voisins et copropriétaires sont eux détenteurs du premier étage et de deux garages. Devant la maison, il y a quatre places de stationnement. Pour accéder à vos appartements respectifs, il n'y a qu'un seul accès ! Ça y est, tu visualises ton environnement ? Parfait !

Dès ton arrivée, tes voisins viennent se présenter et ils vont même jusqu'à être très accueillants. Tu es ravie, finalement tout n'est pas négatif dans cette demeure. Ils te proposent leur aide et par la même occasion prennent l'initiative de pénétrer dans ton domicile, afin de constater les raisons du bruit perpétuel de ces cinq derniers jours. Ils y vont bien sûr de leurs commentaires, mais tu les laisses parler. La grande phrase de ta nouvelle voisine est « ce n'était ni fait ni à faire ! » Elle dit cela au sujet de tout ce qu'elle voit. Tu hallucines, mais tu te tais. Le couple ayant fini leur visite, ils stagnent dans ton entrée et te parlent des anciens propriétaires (tes chers vendeurs !) Une chose est sûre, ils ne s'aimaient pas (les anciens propriétaires n'ont même jamais fait allusion à un éventuel désaccord avec eux !). De ce fait, te voilà bienvenue, tel le messie !

Le soir venu, ta maison vide (car pour le moment tes enfants dorment dans un lieu où chaque chose a une place ; chez toi c'est encore squatté par les cartons !) tes amis étant partis, tu es seule. Le calme règne… Enfin pas vraiment, car au-dessus de ta tête il y a des bruits incessants ! Y a-t-il quelqu'un qui déménage perpétuellement les meubles ? Non, il n'y a simplement pas d'isolation phonique ! Ni thermique d'ailleurs…! (À rajouter si possible à ta liste) Ne voulant pas entrer en guerre, tu te dis que ce bruit n'est certes pas agréable, mais que ce n'est pas la peine de se formaliser pour si peu. Après tout ils vivent à six juste au-dessus de ta tête, le bruit est une conséquence incontournable du nombre !

Au fur et à mesure des mois, tu apprends à vivre avec tes voisins. Tu t'es même habituée aux bruits, sauf aux aboiements de leurs deux chiens lorsqu'ils signalent à toute la maisonnée qu'ils vont se promener. Et ils aiment avertir qu'ils s'éloignent, surtout le dimanche matin lorsque tu dors profondément ! Tu vis paisiblement, tu fais progressivement des travaux complémentaires, tu commences d'ailleurs par changer ta porte d'entrée. Là tu te fais plaisir, tu t'offres une belle porte en bois, une vraie fortune, mais elle en vaut la peine !

Un soir tu rentres chez toi, contente que ta journée s'achève et que tu puisses passer du temps avec tes petits. Dès ton arrivée à ton domicile, tes yeux sortent de leurs orbites : quelqu'un a tagué au marqueur noir ta magnifique porte d'entrée ! Tu interroges tes enfants, ils nient avoir commis un tel acte. Tu vas donc sonner chez ton voisin. Il n'a rien vu, mais interroge sa progéniture. Un des enfants avoue avoir fait cette fresque ! Ton voisin est consterné, il s'excuse et promet de réparer la bêtise de son rejeton ! Tu le laisses, il n'est pas utile de culpabiliser davantage le père !

En une année passée dans ton nouveau domicile, que tu t'escrimes à remettre en état avec l'aide de ton père, le jeune fils du voisin, en plus d'avoir pris ta porte pour les grottes de Lascaux, a également :

Rayé ta voiture du parechoc arrière au parechoc avant en passant par les deux portières, voiture que leur chien arrose régulièrement (par peur de la voir dépérir ?), il a aussi rayé à l'aide d'une pierre les vitres de ta chambre d'ami, tagué la maison en plastique de ta fille. Et toi tu n'as jamais porté plainte, ni même fait la tête à ses parents. Non, tu t'es arrangée avec les assurances, et vous avez réparé ses dégâts.

Dans le même temps, afin d'aider ces gens qui rencontrent des difficultés financières, et qui tu dois bien l'avouer t'aident ponctuellement à transporter ta fille ainée de l'école à la maison (toi tu transportes leur fils chaque matin de la maison à l'école ! Non tu n'es pas ingrate…) donc pour les aider, tu as permis à leur fille de faire son stage sous ta tutelle, tu as fait travailler leur fils ainé en intérim durant l'été, et tu as permis au père (en reconversion professionnelle) de réaliser un de ses stages en entreprise.

Et pourtant, de façon incompréhensible les relations vont insidieusement se dégrader. Pour te remercier, ils se garent impunément devant ta porte de garage (que tu as changée), ne te laissant pas la possibilité d'entrer ou de sortir de chez toi ; ils occupent trois des quatre places qui sont devant la maison, ne laissant à ton nouveau compagnon qu'une petite place de stationnement (la plus étriquée et la moins accessible bien entendu!) et t'empêchant ainsi d'avoir de la visite! Il est vrai (rappelons-le) qu'ils ont deux garages ! Mais ceux-ci sont tellement pleins d'un amoncellement de choses inutiles qu'ils ne peuvent pas y rentrer un vélo ! Cette fois tu te révoltes ! Ton père t'offre un panneau : sortie de garage, interdiction de stationner ! Et il le met bien en évidence, de façon à ce que tu puisses accéder à ton garage qui lui est rangé et qui permet d'accueillir ta moto ainsi que ta voiture, en plus des vélos ! Et là tu as déclenché la guerre ! Ta voisine ne t'adressera plus jamais la parole ! Bonjour, ce simple mot à deux syllabes lui est devenu imprononçable ! Ton voisin lui, reste néanmoins courtois !

Les choses se compliquent grandement. Il n'est déjà pas aisé de vivre en conflit avec ses voisins lorsqu'ils sont à l'autre bout de ton terrain, mais quand ils sont justes au-dessus de ta tête c'est pire ! Le son de leur voix (ton plafond n'est toujours pas isolé !) est devenu insupportable ! Leur odeur, tu n'en parles même pas ! Ta voisine ne peut subitement plus assurer certains transports scolaires, elle ne fait que le minimum syndical, à savoir un trajet par semaine. Toi tu transportes son fils sept fois par semaine, et d'autres voisines font les trajets complémentaires ! Mais si tu la menaçais de ne plus véhiculer son fils, en obligeant ce dernier à se rende donc à pied à l'école, alors là tu ne serais plus simplement en guerre, tu auras amorcé un drame apocalyptique aux conséquences dramatiques et irréversibles ! Tu ne le fais donc pas, tu préserves le peu de tranquillité que tu as encore ! De toute façon cette femme estime que tout lui est dû, et que tu n'es qu'un être sans cœur, car ta réussite lui renvoie ses échecs ! Tu lui dois donc bien quelque chose selon elle, mais quoi ? Ça, tu l'ignores !

Chaque dimanche, si tu restes chez toi, alors tu te tapis dans ta maison, parce que tu n'as pas envie de les voir. Oh non ! La dernière fois qu'un d'entre eux a eu besoin d'aide, tu es sortie lui porter secours et cela ne t'a valu aucun remerciement, juste beaucoup de dédain. Lorsqu'il neige, personne ne vient t'aider à déblayer l'unique chemin d'accès à la maison, ils te regardent tour à tour par une de leurs fenêtres, et ils attendent patiemment que l'accès soit praticable pour sortir de chez eux !

Régulièrement le dimanche matin leurs chiens te réveillent. Puis leur fils ainé, musicien de son état, mais mélomane tu en doutes fortement, s'assure que tu ne puisses pas te rendormir, ne serait-ce que le temps d'une courte sieste ! Il crie dans un micro, agresse tes oreilles avec un bruit qui se veut être de la musique, et il ne le fait pas seul ! Oh non, il invite son groupe, tu as donc le droit à une batterie, une guitare électrique, une basse… et un chanteur ! Les précédents propriétaires ne t'avaient absolument rien dit sur ce qui les motivait à vendre leur bien immobilier, tu comprends mieux pourquoi ! Si tu avais su…. Si seulement !

Il est certain que tu n'aurais pas acquis ce que tu croyais être ton nid douillet !

Maintenant tu as deux issues : soit tu restes et tu essaies d'occulter leur présence, mais tu ne leur rendras plus aucun service ; soit tu pars, et vu ce que tu viens de vivre, une grotte et une vie d'ermite te font sincèrement envie. Cependant, il n'est pas aisé de trouver une grotte confortable et à proximité des commodités urbaines ces temps-ci ! Tu vas devoir trouver un pavillon sans voisinage attenant, éventuellement un voisin à l'autre bout de ton jardin, mais en aucun cas une pareille promiscuité !

Une chose est sûre, tu es imparfaite et tu en es consciente. Tu le revendiques même ! La différence avec tes chers voisins est qu'ils sont imparfaits, mais ils l'ignorent. Et donc ils s'octroient le droit de critiquer. Et oui la perfection est de ce monde, tu ne le savais pas ? Et bien toi, tu l'as découverte au-dessus de ta tête ! Un vrai bonheur….

Mais T'inquiète ça pourrait être pire !

Post-scriptum personnel :

Cher Lecteur ou Lectrice,

Petite nouveauté de dernière minute : Depuis hier, la chère fille des voisins est devenue l'heureuse propriétaire d'une voiture… Et tu sais ce que cela implique ? Oui, je pense que tu dois t'en douter. Elle occupe sans le moindre gène la quatrième place de stationnement qui est devant la maison… Conséquence : il n'y a plus aucune place vacante pour mon conjoint ! Mais l'ensemble des occupants du bien immobilier qui se trouve au-dessus de ma tête, estime à l'unanimité qu'ils sont dans leur bon droit ! Ils me transfèrent allègrement et sans le moindre sentiment de culpabilité, la gestion que dis-je, la souffrance de leur problème de logistique ! Certes je suis logisticienne, mais je ne peux mettre en application mes compétences que lorsque je suis en face de gens capables de penser, et non de personnes ayant leur carte de la secte du TPMG (Tout Pour Ma Gueule !) Tu me comprends, non ?

Bises,

Érine

Divorce(s)

Cette fois c'en est trop, tu ne supportes plus ta vie. Tu as décidé de divorcer de tous les problèmes qui t'étouffent ! Deux sortes de divorce se présentent à toi : le premier, celui pour lequel tu n'as pas besoin de juge ; le second, celui de ta vie d'épouse, qui nécessite une intervention judiciaire.

En ce qui concerne le premier, tu ne vas pas laisser qui que ce soit régenter ton avenir. Non, tu ne dois être armée que d'une petite chose, et tu dois l'avoir en quantité… Ce petit ingrédient indispensable s'appelle le courage ! Si tu ne supportes plus ton environnement professionnel, arme-toi de cette épice et cherche un autre job. Une fois celui-ci trouvé, pose ta démission. Si une personne de ton entourage t'exaspère, trouve le courage de lui dire ce que tu penses et une fois ton sac vidé, ignore là (pour cela aussi, il faut du courage. Ignorer quelqu'un n'est pas chose aisée ! Enfin, sauf si c'est un véritable ami, alors auquel cas, le temps faisant, il te pardonnera ta franchise.) Si les administrations du pays t'en veulent et te harcèlent, trouve la force de te défendre.

Mais si le problème de ton mal-être vient du lieu qui devrait être ton havre de paix (ton foyer) alors là, bats-toi ! Et pour ce faire, tu as deux options :

1/ Soit tu crois encore en ton couple et tu essaies de sécuriser ton cocon, de le renforcer en y insufflant un nouvel élan, un air neuf ;

2/ Soit tu n'y crois plus, et là tu t'attaques à la démolition de tes acquis, à une déconstruction intelligente en bonne et due forme : Tu divorces légalement !

Choisissons cette dernière éventualité !

Je ne suis pas avocat(e) et je ne vais pas te guider dans tes démarches. Pour ce faire, il y a des gens fortement compétents disséminés un peu partout dans notre pays ! Non, moi je suis divorcée et je vais te raconter mon épreuve ! (Oui, un divorce c'est une épreuve !)

Comme d'habitude (une bonne habitude, ça ne se perd pas) : Mise en situation.

Tu es donc mariée (et tu n'es plus heureuse) tu es mère, et également propriétaire (d'au moins un bien immobilier). Si seulement tu étais locataire, tu serais à l'abri de pas mal de soucis…! (Mais pour le moment tu l'ignores) Bref, tu ne vas pas revenir en arrière, tu es proprio (et tu te remémores que tu as été fière de le devenir !) donc tu vas devoir faire avec cette contrainte supplémentaire ! (Car dans un divorce c'est une contrainte !)

Tu es presque décidée à divorcer… Tu sais ce que tu veux, mais tu n'en connais pas exactement les conséquences, et une femme c'est prévoyant ! Tu prends donc un rendez-vous avec un avocat (qu'une amie t'a recommandé !) et tu vas l'interroger…!

À la fin de l'entretien, tu le remercies et tu l'informes que tu as besoin de temps pour réfléchir. Notre homme de loi sourit. Il te dit alors qu'une femme qui fait la démarche de se renseigner va très souvent au bout d'un divorce, et ce contrairement à un homme. Il parait qu'en psychologie il y a une théorie sur l'angoisse de castration, angoisse à laquelle la femme n'est pas sujette puisque sans organe reproducteur externe ! (je ne vais pas m'étendre sur le sujet, je ne suis pas psy, mais ce thème pourrait représenter le contenu d'un livre à lui tout seul !) Tu rentres chez toi, et tu analyses les informations. Avant de te jeter dans la fosse aux lions, tu réunis ton grand conseil (uniquement composé de femmes) et tu exposes ton désir de divorce, et les infos récoltées. Certaines te soutiendront, d'autres te conseilleront, mais très peu essayeront de te raisonner ! Cette fois c'est décidé, tu vas reprendre ton indépendance et ton nom de jeune fille !

Tu informes alors ton époux de ta volonté de vous désunir. Sa réaction varie selon la situation :

Supposant tout d'abord qu'il soit d'accord de mettre fin à votre union (soit parce qu'il a une autre femme dans sa vie, soit parce qu'il a l'espoir d'une autre femme). Alors le fait de rompre légalement avec toi ne sera pas un souci notoire. Il sera on ne peut plus enclin à accepter ta requête en divorce (pour ne pas dire ravi que tu sois à l'origine de la demande de séparation légale !)

En revanche, si ton mari n'a personne (et on a vu qu'un homme a besoin d'une femme pour s'occuper des enfants, du linge, des courses, en bref de tout ce qui est pénible…!) il ne te facilitera pas la vie, car tu risques de lui compliquer la sienne !

Et là, quel que soit le cas de figure, les problèmes commencent… Tu pensais que ta vie de couple était un enfer ? Tu croyais ne plus être heureuse ? Tu as voulu divorcer ? Eh bien, sache que pendant les mois à venir, et ce jusqu'à l'ordonnance de non-conciliation, ta vie passée certes pénible et/ou tristounette, tu vas la regretter ! Ton mari, futur ex-mari

97

va se métamorphoser en démon, et d'ailleurs tu subiras la même transformation (mais çà tu n'en seras pas consciente, et tu le nieras !) Des deux êtres qui se sont aimés et qui ont procréé, il ne restera rien !

Tu as donc averti ton époux de ton intention de divorcer ; il reste le plus difficile à faire, l'annoncer aux enfants ! Cette étape est dramatique. Dans certains cas cependant, elle n'est insurmontable que pour toi ! Alors, prenons un de ces cas-là. Tu demandes à tes petits de se réunir dans le salon et avec le papa annoncez avec une multitude de précautions oratoires, la dissolution de votre mariage. Les enfants ont l'air soulagé ! L'ambiance régnant au domicile était-elle si pénible ? Tu n'y crois pas, tu n'avais rien vu ! Tes enfants souffraient de votre relation bancale et toi tu ne t'étais aperçue de rien ! Tu déculpabilises un peu lorsque tu réalises que ton futur ex-mari est aussi surpris que toi devant la réaction de votre progéniture. (Je le rappelle, cette situation est un cas possible, et non général !) Reste donc à avertir l'entourage. Votre famille se désespère de la situation et essaie de vous raisonner. Vos amis vous soutiennent, les collègues de travail bavassent ! Bref, vous trouvez un avocat et là c'est l'horreur.

Se séparer c'est une chose, mais séparer les biens matériels en est une autre ! Dans la plupart des cas, la garde des petits revient à la mère (trop encombrant pour le père dans une vie quotidienne !) Mais dans la plupart des cas seulement ! Il y a deux autres types de circonstances :

1/ Le père demande la garde pour faire savoir qu'il est là (mais il ne la veut pas réellement), pour t'embêter et te faire peur ! Voire pour te faire changer d'avis, ou même pire te soumettre au chantage !

2/ Le père veut réellement ses enfants. Il est prêt à faire des concessions dans sa vie professionnelle et veut passer du temps avec ses petits. Là tu peux opter pour la garde conjointe, mais ceci impose une proximité de vie, à toi de voir ce que tu veux faire…

Donc revenons à un cas où vous voulez tous les deux la garde complète des enfants, vous vous battez. D'horribles choses sont dites, des vérités parfois, des mensonges éhontés souvent ! Le juge sera le seul à trancher… (Aparté : Dans le divorce, depuis trente ans la résidence principale accordée au père avant l'apparition de la résidence alternée légale en mars 2002 est invariablement de 13% chaque année.) Donc dans bien des cas (87%), la mère a la garde des enfants. Je suppose que cela est dû à sa capacité instinctive de faire passer ses enfants avant ses propres intérêts, mais ce n'est que mon opinion ! Je pense également que là non plus il n'y a pas d'égalité des sexes, mais cette fois-ci c'est à l'avantage de la femme, car elle est mère avant d'être femme ! (Encore une fois je parle de façon générale, mais je reconnais qu'il y a toujours des exceptions pour infirmer les règles !)

Donc le juge décidera pour les enfants, parce que vous n'arrivez pas à trouver un terrain d'entente et qu'ils sont trop petits pour émettre leur opinion ! Afin de mettre toutes les chances de votre côté, vous demandez à votre entourage non familial (ils ne sont pas censé être parti pris) de vous faire des attestations ! Certains acceptent et se positionnent pour toi, d'autres refusent et tu le vis mal, mais dans tous les cas de figure tu viens d'ouvrir la porte aux commérages ! Et pour couronner le tout, comme si tout cela n'était pas assez compliqué et sordide à vivre, en ce qui concerne le reste des biens à séparer vous n'êtes pas d'accord non plus ! En fait, le seul point qui ne soit pas à débattre est votre volonté d'être libéré l'un de l'autre !

Encore une précision, vous êtes mariés sous le régime de la communauté réduite aux acquêts! (c'est-à-dire les biens communs, qui englobent tous les biens acquis à titre onéreux pendant le mariage même financés par les gains de l'activité professionnelle de l'un ou l'autre des époux, et les revenus de leurs biens propres exemple : les loyers d'un appartement reçu par succession). Ton futur ex-mari estime maintenant que cette loi est stupide car, pour votre bien immobilier, il a plus investi que toi dès lors qu'il était mieux rémunéré et que c'est lui qui a fait tous les travaux ! Donc c'est son bien ! Il oublie vite que s'il a pu passer autant de temps à bricoler, c'est que tu gérais les enfants ! Il oublie également que s'il pouvait rentrer aussi tard du travail chaque soir (et être ainsi mieux rémunéré), c'est que tu t'occupais aussi des petits, et ainsi de suite…! Mais lui estime que là n'est pas le sujet… C'est sa maison, fruit de son dur labeur. Alors une fois de plus, étant en désaccord, ce sera au juge de trancher. Et c'est le même dilemme pour ce qui est des comptes bancaires, de la pension alimentaire, et de tout autre investissement !

L'homme estime toujours être celui qui a fourni le plus, alors il pense qu'il doit légitimement récupérer la plus grande part du partage. Je fais un rappel à tous les hommes qui lisent ce livre, je n'ai rien contre vous et je sais que c'est difficile d'être séparé(e) de ses enfants et de devoir quitter sa maison, mais la pension alimentaire que vous versez est alimentaire pour vos enfants et non un cadeau que vous faites mensuellement à la mère de vos petits ! D'ailleurs celle-ci paye des impôts sur cette pension et vous la déduisez de vos revenus ! Arrêtez de croire qu'on vous vole du fric tous les mois !

Cet aparté étant fait, je continue. Il faut toutefois reconnaitre que ton ex va perdre la possibilité de voir régulièrement ses petits, il va certainement devoir quitter votre maison (qu'il estime être sa maison) ; ou s'il veut la conserver, il devra racheter ta part en faisant un emprunt (ce sera alors son crédit !) Et là, même si tu n'en as pas envie, tu dois bien admettre que cette situation (la sienne) tu n'en voudrais pas ! Certes cet homme est égoïste, il t'a laissé gérer chaque soir et chaque matin les enfants, il a également jugé que ta carrière professionnelle avait moins de valeur que la sienne, il a peut-être aussi arrêté de te voir comme une femme désirable, mais uniquement comme la mère de ses enfants. Mais à sa décharge, peut-être as-tu aussi arrêté d'être une femme et es-tu devenue uniquement la mère de tes enfants ? Non ? Quoi qu'il en soit, la situation est horrible à vivre de part et d'autre ! Et pire que tout, vous allez certes gagner en liberté, mais vous allez perdre tous les deux des choses auxquelles vous teniez ! Personne ne sortira gagnant, personne…!

Alors voilà, la guerre est ouverte. Vous avez tous les deux d'excellents arguments, vous voyez chacun midi à votre porte et vous n'arrivez pas à concevoir que quelqu'un de sain de corps et d'esprit puisse penser autrement que vous ! Même vos amis (qui viennent de se séparer en deux camps) vous soutiennent (enfin ils soutiennent leur poulain !) Les semaines passent, tu morfles, ton ex aussi… Et là, tu vas au tribunal. C'est le grand moment, celui où justice sera faite, mais ta justice ? Ça, tu ne le sais pas ! Tu entres dans la salle d'audience, tu es seule avec le juge et son greffier, tu dis ce qu'il te semble opportun, puis c'est au tour de ton futur ex ! Là dans le couloir du tribunal, assis(e) sur ton banc, les minutes ne s'écoulent pas, le temps s'est arrêté. Tu imagines toutes les horreurs injustifiées qu'il peut être en train de relater au juge.

Tu as envie de rentrer de façon impromptue dans la salle d'audience et de crier : « ce n'est pas vrai, il ment ! » Mais tu restes là, tremblante !

C'est maintenant la sentence... Vous êtes assis côte à côte, votre avocat resté jusqu'ici dans le couloir vous accompagne, et vous écoutez ces gens de loi échanger au sujet de votre vie, de votre avenir... C'est eux qui ont le contrôle ! Maintenant vous allez subir... Le juge vous indique qu'à partir de cet instant, la garde est à.... (On l'a vu dans 87% des cas à Madame), et que pour le reste, il va délibérer et que tu seras informé(e) ultérieurement par courrier !

Là tu ressors de ce lieu sinistre soulagé(e) que l'épreuve soit passée, mais terrifié(e) par le verdict à venir, tu te demandes comment vous avez pu en arriver là. Tu essaies de te souvenir à partir de quel moment tout a dérapé, à partir de quand vos chemins se sont éloignés, tu ne sais pas, tu ne retrouves pas... Ce que tu sais, ce dont tu es sûr(e) c'est que tu n'as pas le contrôle des décisions qui vont être prises, du tournant que va prendre ta vie ! Que va-t-il t'arriver ? Et tu es terrifié(e).

Sache une chose, l'autre également est terrifié, et l'autre aussi estime que ce n'est pas juste.

Quoi qu'il en soit, juste ou pas, le verdict tombera, et tu seras révolté(e). Tu tempêteras contre l'injustice de la justice, tu te révolteras contre la société, mais en définitive tu auras ce que tu voulais à l'origine, tu seras divorcé(e) !

Tes amis seront là pour te rappeler qu'après tout, tu es en vie et en bonne santé, et que tes enfants aussi, alors :

T'inquiète ça pourrait être pire !

La mère biologique et la marâtre

Il faut arrêter que n'importe qui dise n'importe quoi et n'importe comment !

Afin de commencer ce pamphlet dans de bonnes conditions, débutons en premier lieu par deux définitions du dictionnaire :

*Première définition : mère !
Mère, nom féminin

Sens 1 Femme qui a mis au monde un ou plusieurs enfants. Synonyme maman

Sens 2 Femelle qui a eu des petits [Zoologie].

Sens 3 Titre de la supérieure d'un couvent de femmes. Synonyme religieuse

Sens 4 Source, origine, cause [Figuré]. Ex La maison mère.

*Seconde définition : marâtre !
Marâtre, nom féminin

Sens 1 Deuxième femme du père [Ancien]. Synonyme belle-mère

Sens 2 Mauvaise mère [Péjoratif].

Te voilà informé(e) cher lecteur ou lectrice des deux définitions officielles de ces mots. Et maintenant, voyons ce que cela donne dans certains cas !

Tu as rencontré un homme, marié, père, et vous êtes tombés amoureux ! Je dis « vous » car en amour, il me semble que l'on ne force pas l'autre à t'aimer. L'Amour a cette particularité qu'il se doit d'être partagé pour exister ! (sinon ce n'est pas de l'Amour !) Mais en soi, tu es tombée également dans une situation complexe et pénible, car refaire sa vie avec un homme marié et père de surcroit ce n'est pas la situation la plus évidente à vivre. Quelles chutes ! Maintenant, au rond-point de ta vie, tu as trois chemins possibles :

La première qui consiste à nier ce sentiment et à rester avec ton mari et tes enfants, tout en laissant libre cours à tes ressentis lors de tes escapades nocturnes (sous forme de rêve)

La seconde qui est plus compliquée à mettre en pratique, mais qui est toutefois réalisable, consiste à mener une double vie. Il est reconnu qu'un homme marié quitte rarement sa femme (vaillante gardienne des valeurs familiales et du confort de monsieur !)

La troisième et la plus violente est d'assumer, vous quittez tous deux vos conjoints et vous vivez votre idylle, vous donnez libre cours et même priorité à votre amour !

C'est cette troisième voie que nous allons emprunter !

Ça y est, vous êtes décidés et vous annoncez à vos conjoints l'horrible et atroce vérité : « Vous aimez un autre être et vous voulez vivre avec cette personne ! » Les cris fusent, les larmes coulent, les insultes et les critiques tombent de toutes parts (eh oui, car dans ces moments-là tout le monde s'en mêle ! De quel droit ? Ça, je ne sais pas…! Mais chacun s'octroie ce droit et se fait même un devoir d'ajouter son commentaire ou son conseil. On entend bien sûr des remarques des parents, des frères et sœurs, des amis, et même des voisins ! C'est le chaos !) Les enfants baignent dans un climat douteux et insalubre, mais personne n'y fait attention, car il y a plus grave, le couple parental se disloque ! Les petits entendent à ce moment-là des horreurs sur un de leur parent, voire sur les deux, mais les adultes n'y prennent pas garde, ils sont petits, ils oublieront, eh bien non je te le dis, ils n'oublieront rien ! Ils apprendront juste à vivre avec tout ce qu'ils ont entendu !

Les cartons sont faits, vous vous installez ensemble... Les autres pleurent et font la promesse d'une terrible vengeance ! Alors là il y a encore une inégalité homme femme ! L'époux quitté a tendance à être diabolique jusqu'à la sentence du juge, puis tenu par une Loi, il refait sa vie et ne te pose que ponctuellement des soucis dans ton quotidien. Tu arrives même à devenir ami avec ton ex et sa nouvelle compagne ! En revanche, la femme quittée a une mémoire d'éléphant. Si elle a promis de te faire payer ton adultère, sois assuré qu'elle le fera...!

Voilà plusieurs mois que vous êtes installés, voilà également plusieurs mois que tes enfants côtoient ton nouveau conjoint (malgré les vociférations de leur père), mais voilà plusieurs mois également que l'ex-femme de ton tendre amour lui interdit de te présenter ses enfants ! Un week-end sur deux, tu te retrouves donc seule, car l'homme de ta vie se doit d'aller passer le week-end avec ses petits, mais loin de toi ! Elle ne supporte pas que sa tendre descendance puisse entrer en lien avec un être aussi mauvais et machiavélique que toi ! Car une chose est sûre, si son époux l'a quittée, ce n'est pas parce qu'il ne l'aimait plus, non ! Ni parce qu'il ne s'épanouissait pas avec elle, ceci est impensable (elle est si parfaite !), c'est uniquement, car tu l'as détourné du droit chemin ! Tu es une mante religieuse, pire tu es un être mythologique émanant tout droit du monde des sirènes et dotée d'un talent exceptionnel pour séduire son époux qui, attiré par les accents magiques de ta voix perdit le sens de l'orientation et du devoir conjugal. Son mari n'est pas coupable, il est victime… (À ce moment-là, elle occulte le fait que quelques années auparavant, elle aussi lui a été infidèle !) Donc dans le but de le récupérer, elle utilise sa souffrance de femme trompée et culpabilise son ex-conjoint, qui se soumet à sa requête et te laisse seule un week-end sur deux. (Tu verras plus tard que ce qui est valable pour toi ne l'est pas pour son nouveau conjoint à elle !) Tu vis donc de façon décousue durant plusieurs mois. Puis un jour, consciente d'avoir perdu une bataille, mais pas la guerre (oui, elle est en guerre !) elle accepte l'idée que ses enfants puissent enfin te rencontrer. Attention, ne crois pas qu'elle y soit prête, oh non ! Jusqu'alors un week-end sur deux lorsque ton grand amour te laissait c'était pour retourner au domicile des enfants, lieu où d'ailleurs elle faisait des apparitions impromptues ! Mais cette fois, elle veut récupérer de façon exclusive l'ex-domicile conjugal. Or il faut bien que monsieur s'occupe de ses petits, donc ton habitat est devenu un lieu d'accueil acceptable. Quoi que… Si tu pouvais ne pas être là en même temps qu'eux, cela l'arrangerait, mais comme tu es l'unique propriétaire des lieux elle ne peut te faire congédier de ton petit chez toi ! (à son grand désespoir)

Te voilà donc belle-mère, enfin c'est ce que tu crois. Tu apprendras vite que tu n'es qu'une marâtre (dans le sens numéro 2 de la définition !) Les petits cherchent leur place, ce qui est légitime. Ils ne parlent que de leur mère (ça aussi c'est légitime même si ça a le don de t'agacer) et du bon vieux temps ou leur papa et leur maman habitaient encore ensemble ! (Tu vas devoir apprendre à faire avec !) Bref, tu accueilles ces petits, tu les traites comme les tiens (c'est-à-dire selon les mêmes règles) tu ne te substitues en aucun cas à leur mère, tu veux juste que tout ce petit monde vive en harmonie. Et là, il y a des hauts et beaucoup, mais beaucoup de bas…!

Primo, ta nouvelle belle-famille ne veut pas entendre parler de toi ! Seule compte leur belle-fille, la mère des enfants. Secundo, tous les amis du couple ont pris parti pour la femme abandonnée et vous êtes des parias. Tertio, les enfants n'aspirent qu'à une chose, à la reconstitution du couple parental ! Alors tu fais contre mauvaise fortune bon cœur, et tu occultes cet environnement hostile. Tu te crées un univers imaginaire avoisinant celui de Peter Pan !

Le temps passe, tu penses que les plaies se cicatrisent, tu as partiellement tort. Ton ex-conjoint a refait sa vie, et tu le vois de temps à autre. Parfois il est seul, mais il arrive également qu'il soit avec sa nouvelle compagne, personne charmante au demeurant et adorable avec tes petits, ce qui ne fait que renforcer ton point de vue positif pour cette belle –mère (car pour toi, elle est la belle-mère de tes enfants!) il arrive même que tous ensemble vous preniez le temps de boire un verre et de parler de choses et d'autres! Cela s'appelle un divorce réussi ! Et tu en es fière…! Mais ton cas est loin d'être une généralité !

Donc forte de cette situation saine et sereine que tu viens de partager avec ton ex-mari, ton nouveau conjoint et la belle-mère de tes petits, tu saisis ton téléphone (et tu t'apprêtes, mais tu ne le sais pas encore, à faire une grosse erreur !), et tu composes le numéro de la mère biologique. Ton interlocuteur ayant répondu, tu te présentes et tu expliques l'objet de ton appel. Tu suggères à cette femme de venir chez toi, un jour de son choix, et de voir où et avec qui évoluent ses petits lorsqu'ils ne sont pas avec elle. Tu vas même jusqu'à l'inviter à rester diner. Et là, elle se déchaine. Sa voix se métamorphose (heureusement tu as fait ta proposition par le biais du téléphone, sinon tu serais morte, enfin pas si vite, elle t'aurait ingérée vivante, et digérée lentement par ses sucs gastriques !) Elle te fait savoir que oui, elle veut et même exige de connaitre le contexte dans lequel ses petits évoluent, mais il est évident qu'elle ne veut pas te voir, que tu n'existes que dans ses cauchemars, et que même si le bien immobilier t'appartient, elle veut que tu le quittes le temps de sa visite avec son ex-mari et ses enfants ! Elle ajoute même que ses relations avec son époux sont bien meilleures que tu ne peux l'imaginer…. Et elle raccroche ! Là tu es atterrée… Tu as simplement voulu que cette femme, qui tout comme toi est mère, puisse se représenter ce qu'est la vie de ses enfants un week-end sur deux. Tu as souhaité démystifier la situation, afin qu'elle soit plus aisée pour elle à appréhender, et tu viens d'essuyer une gifle psychologique !

Elle ne viendra jamais chez toi ! Ton grand amour nie catégoriquement la véracité des propos de la mère de ses enfants. Leurs relations sont glaciales…. Mais tu as eu mal, elle t'a touchée !

Elle te touchera plus d'une fois, mais jamais plus directement….ça non ! Elle le fera toujours en utilisant les enfants, et dans ces cas-là ils deviendront ses objets de guerre. Un exemple ? D'accord. Ton fils a été contaminé par une épidémie de varicelle… et sa fille ne l'a jamais eue ! Mais il se trouve que sa fille vient de contracter la rougeole (car elle a oublié de faire le rappel du vaccin obligatoire ! Quelle bonne maman…) Et pour couronner le tout, c'est le week-end du papa… Tu alertes le père sur les risques pour sa fille d'être contaminée par les deux maladies en même temps... Il demande conseil à son médecin qui lui confirme tes craintes... Et là, il prévient la mère biologique du danger encouru. Cette dernière s'en contre fout ! Elle a des billets... elle part en week-end, à son ex de gérer ! Tu appelles en urgence le père de ton fils, qui lui modifiera toute son organisation pour prendre son petit et ainsi mettre à l'abri la fille de ton nouveau conjoint. (Car il faut savoir que ton fils ayant correctement été vacciné, il ne risquait absolument rien en restant chez toi !) Par contre tu ne fais cela que pour préserver la petite. Tu apprendras plus tard que les enfants de la nouvelle belle-mère de ton petit n'ont jamais eu la varicelle, et que pour autant elle a accepté que ton fils vienne chez elle. (Décidemment, cette femme, tu l'aimes !)

Récapitulons, la mère biologique part en voyage alors que sa fille a une maladie contagieuse, qui normalement ne peut pas être contractée si les vaccins sont bien faits, et qui est en « danger » si elle vient à entrer en contact avec ton fils également malade. Le père de ton petit prend en charge ce dernier, alors que ce n'est pas son week-end, pour qu'une femme qu'il ne connait même pas puisse partir se détendre... Et la belle-mère de ton enfant fait consciemment courir un risque de contagion à ses petits, toujours pour que cette femme qu'elle ne connait pas non plus, passe un week-end tranquille, parce que (excuse suprême) elle a des billets ! Et tu trouves ça normal ? Oh que non ! Mais tu as pris un homme avec un passé... Alors tu encaisses. Enfin jusqu'au lendemain matin. Car le samedi matin le père de ton fils t'appelle pour te dire que le petit t'a réclamé toute la nuit... Et là tu souffres. Pourquoi ne peux-tu pas être auprès de ton enfant malade ? Tu abandonnes donc ton nouveau compagnon et tu vas embrasser ton chérubin. Tu as des envies de meurtres contre cette femme qui a des billets ! (mais là encore, il est formellement interdit d'assouvir ta colère !) Alors tu attends le lundi matin pour soigner ton enfant, et tu remercies à chaque heure la belle-mère de ton fils pour les soins qu'elle lui prodigue.

Est-ce tout ? Oh non ! Il y a tellement de choses à dire, d'histoires à raconter, mais il vaut mieux clore le chapitre que de faire le procès de cette femme (la mère biologique !). Alors pour entériner ce pamphlet, je propose de te donner mes deux définitions ! :

*Première définition : mère !

Mère : Les pleins pouvoirs…Personne ayant le droit de juger ce qui se passe chez son ex-mari, mais ne permettant pas à ce dernier de faire de même chez elle ! Personne imposant son dictat, mais n'estimant pas nécessaire de tenir le géniteur informé d'un changement chez elle (présentation d'un nouveau conjoint aux petits par exemple) Personne envoyant des mails et SMS qui n'arrivent jamais, mais qui sont cruciaux à l'élaboration d'un planning de garde. Personne pensante, mais non communicante qui parce qu'elle pense, estime que ses décisions ont force de loi. Personne arrivant toujours à se mettre en victime et à culpabiliser son ex-conjoint… Personne qui se détendra (enfin tu l'espères) le jour où elle aura refait sa vie, et pourquoi pas un autre enfant avec son nouveau compagnon !

Enfin, cette définition n'est en aucun cas valable pour chaque femme divorcée avec des enfants ! Heureusement ! Cette définition n'est applicable qu'à une infime partie de la population, mais tu n'as pas de chance, tu es tombée sur celle-là…!

*Seconde définition : marâtre !

110

Marâtre : personne souhaitant être gentille, mais qui n'a pas les mêmes règles de vie que la mère biologique. Personne qui en voulant faire plaisir aux petits est perpétuellement à côté de la plaque (du point de vue de la mère bio, et non des enfants de celle-ci !) et se fait donc critiquer par la mère des petits ! Personne souhaitant vivre dans un monde sans guerre et qui va s'en prendre plein la gueule ! Mais la marâtre est aussi mère… et elle ne veut pas faire subir à son ex et ses enfants les énormités qu'elle encaisse, alors elle est cool, certains diront bête, mais ne vaut-il pas mieux être bête que méchant(e) ?

Cependant, toutes les marâtres (je préfère réellement le terme de belle-mère !) ne sont pas comme toi, et on peut dire que les enfants, ainsi que la mère biologique ont de la chance que tu sois ainsi faite ! Mais ça ils l'ignorent.…

Mais T'inquiète ça pourrait être pire !

Post-scriptum :

Cher Lecteur ou Lectrice,

Je vais te confier une petite chose personnelle :

Je m'entends bien avec la belle-mère de mes enfants. J'estime que cette femme est fabuleuse, ne serait-ce que par le fait, qu'elle accepte mes petits au sein de son foyer, qu'elle s'occupe d'eux, et qu'elle veille sur ma progéniture. Et pour cela, je lui suis infiniment reconnaissante… De plus je trouve magique que nous réussissions toutes les deux à dialoguer et à trouver des solutions ! Je ne lui demande qu'une chose : qu'elle ne fasse jamais couper les cheveux de mes adorables monstres ! L'esthétique de ma fragile progéniture, je désire en garder l'exclusivité, alors je profite de ces quelques lignes pour remercier cette femme, oui :

Merci d'être toi !

Bises,

Érine.

Le père biologique divorcé et la belle-mère de ses petits !

Dans la famille recomposée, le bonheur se tisse au fil des jours, de petit geste en petit geste.

Tu es avec l'homme de ta vie, la présentation à ses petits a enfin pu avoir lieu, vous vivez maintenant comme beaucoup de familles recomposées. C'est-à-dire que vous vivez en permanence avec tes enfants, sauf un week-end sur deux et la moitié des vacances scolaires, et vous accueillez les siens sur le même rythme d'un week-end sur deux et la moitié des vacances scolaires ! Vous êtes toutefois des êtres intelligents et vous vous êtes organisés pour avoir les cinq enfants en même temps, ce qui vous permet d'avoir deux week-ends par mois rien que pour vous !

En soi, cela parait idéal. Mais cela ne l'est qu'en théorie. Certes ce père, qui est rappelons-le avant tout un homme, s'investit beaucoup plus envers sa progéniture que par le passé, mais il n'en reste pas moins un homme avec des enfants. Cela signifie que même si tu n'es pas la mère biologique de ses petits, tu n'en es pas moins une femme (donc une mère potentielle) et donc tu as signé (toujours à ton insu) les 10 commandements, le jour où la présentation a eu lieu ! Décidément, ce pacte est diabolique, il n'est jamais mis à disposition du signataire avant ladite procédure d'émargement ! Mais une fois que tu as commis l'acte ayant valeur de tacite validation du pacte, alors à ce moment-là, tu es pour toujours assujettie aux divines règles !

Tu es donc la belle-mère de ses petits. De ce fait tu as à présent le droit, que dis-je le devoir, de t'occuper d'eux pendant le temps où ils sont dans ton foyer. Il est vraisemblable que si la mère biologique était là, elle hallucinerait en voyant à quel point son ex-conjoint te prête main-forte. Mais je te le rappelle, ils ne sont pas tes enfants ! Tu dois quand même les aider pour les devoirs, assumer leurs crises de nerfs, jouer les éducateurs de jeunes enfants, t'occuper d'eux pendant les vacances scolaires, gérer le linge, les courses, les bobos... Bref tu as trois enfants de plus à gérer ! Et lui (le père biologique) n'a toujours que trois enfants.... Car tes enfants restent exclusivement les tiens ! Il n'est jamais là le soir pour t'aider, et même si parfois ses actions englobent tes petits, ce n'est que de façon occasionnelle ! Tes enfants ne seront à jamais que tes enfants... Et comme tu es une femme, tu dois être apte à les gérer seule.... Si tu as besoin d'organiser une période de garde lors des vacances scolaires, tu le feras en tenant compte des cinq enfants. Si c'est le père biologique qui doit agir, il s'organisera pour ses trois petits... Et toi les deux tiens ? Enfin, tu as signé, tu vas donc trouver une solution !

J'entends d'ici ces chers hommes dirent à quel point il est difficile de vivre sans la présence quotidienne de leurs petits ! Oui j'entends !

Mais je sais qu'à plusieurs reprises tu as pu constater que si Monsieur prenait des jours de congé avec sa progéniture, il fallait toutefois que tu sois présente, car seul avec eux il s'ennuie ! Et pire que cela, il t'appelle sur ton lieu de travail pour te demander à quelle heure tu comptes être de retour.... Il ne s'épanouit pas en présence des enfants, il aime être avec eux, il adore les voir autour de lui, mais il exècre gérer les conflits, ou avoir un rôle autoritaire, ou devoir être inventif et leur trouver une occupation… Ça il te le laisse volontiers et même si tu n'es pas la mère biologique !

Toi qui pensais qu'être belle-mère c'était un peu comme être la marraine de quelqu'un : un être cool, qui était juste là pour le meilleur, et qui au passage devait juste s'assurer que les bambins étaient en sécurité, tu as eu tort ! Être belle-mère ce n'est pas si cool ! Tu es une mère non légitime, tes actes ne sont donc pas compris ni acceptés (par les enfants), cependant ton absence d'action est ouvertement contestée ! (Par le père biologique !) Mais pour le père tu es une « presque mère » par intérim, c'est-à-dire pendant les périodes occasionnelles où il a la garde de ses enfants ! Je dis presque, car comme tu as pu remarquer, tu peux gérer les petits, pour ne pas dire que tu t'en occupes quasi pleinement, mais tu n'as pas le droit légitime (puisque tu ne les as pas mis au monde) de lui faire remarquer que sa conduite (à lui) est trop permissive et que des enfants ont besoin de règles, ni même que sa fille respire difficilement et qu'il serait opportun de prendre un rendez-vous avec un ORL! Non ça tu ne peux pas, car tu n'es que la belle-mère !

Alors, tu essaies de demander une liste de tes droits et devoirs, mais tu ne l'obtiendras jamais ! Tu vivras perpétuellement en eaux troubles, et tu essayeras de faire de ton mieux, jusqu'au jour où tu risques de dire stop et de le laisser assumer (ce qu'il n'est absolument pas prêt à faire !) Mais tu ne demandes pourtant pas la lune, juste des règles correctement définies… Tu es cependant consciente de rêver, car ne posant jamais de limites bien définies à ses enfants, comment pourrait-il lister ce qu'il attend de toi ?

Alors tu adaptes ton attitude à chaque situation, et tu marches perpétuellement sur des œufs en te remémorant que cet homme tu l'aimes ! Tes copines te font remarquer que même si tout cela est compliqué à vivre, toi au moins tu as quelqu'un qui vit à tes côtés…. Alors tu t'abstiens d'en dire davantage, tu n'as pas envie de blesser tes amies célibataires qui n'aspirent qu'à une chose, pouvoir partager le quotidien d'un homme avec ou sans passé !

Mais T'inquiète ça pourrait être pire !

Je n'ai pas fait exprès !

« L'irresponsabilité aggrave les fautes. »

À la recherche du temps perdu (1918), *la Prisonnière*

Marcel Proust

« J'ai pas fait exprès ! » Cette phrase tu la détestes…! Si seulement tes enfants la formulaient déjà convenablement…! Tu as beau leur répéter qu'il ne faut pas dire : « Je n'ai pas fait exprès ! », mais « Je n'ai pas fait exprès !, une négation c'est toujours ne…pas, ne…que, ne…jamais ! Zut alors ! ». Mais outre cette pitoyable manie de construire leurs phrases sans se conformer aux règles élémentaires de notre belle langue française, l'utilisation spécifique de cette phrase, même bien formulée au demeurant, t'horripile.

Ton enfant n'a pas fait exprès…! Comme si le fait d'affirmer cela le rendait exempt de toute remontrance ! Il hallucine…! Ton fils de 11ans a eu un accident nocturne, non il n'est pas sujet à l'énurésie, ce n'est qu'un accident… mais au lieu de prendre un air dépité, et de t'aider à mettre le linge dans la buanderie, il te regarde en arborant un faciès souriant et te dit fièrement : « Ça va, je n'ai pas fait exprès ! » Eh bien non ça ne va pas ! Et heureusement qu'il ne l'a pas fait exprès ! (Et là, je te fais grâce du ton hautain qu'il a employé pour te faire remarquer que ce n'était pas un acte volontaire !) Heureusement qu'il ne s'est pas mis debout sur le lit pour assouvir un besoin pressant…! Là ton môme t'énerve… Pas son accident, par définition un accident n'est pas désiré et le sujet en est donc victime. Ce qui t'exaspère c'est l'attitude suffisante de ton rejeton, et le fait qu'il puisse s'imaginer que cette phrase efface d'un seul coup l'horreur qu'éveille en toi le manque flagrant de culpabilité que sa frimousse te renvoie !

Et qui plus est, tes petits te la servent à toutes les sauces…! Ils laissent tomber un plat, excuse légitimant cette chute : « j'ai pas fait exprès ! ». Ils ont une note avoisinant le zéro, le même moyen de se disculper est utilisé. Ils perdent le nouvel iPod que tu viens de leur offrir pour Noël, la justification qu'il trouve est invariablement la même ! Et bien toi tu en as assez ! Il ne manquerait plus que ça que ce soit fait exprès, que volontairement ils commettent boulette sur boulette !

Mais bon sang, qu'ils fassent attention une fois de temps en temps ! C'est cela qui te ferait réellement plaisir… Un peu de respect pour ce que tu leur offres, pour l'univers qui les entoure, sinon toi aussi tu vas te mettre à ne pas faire exprès ! Tu oublieras de leur donner leur argent de poche, mais ce par inattention, et non volontairement ! Alors tu les menaces, et cela les fait sourire ! Ils savent que toi tu n'es pas capable d'une telle infamie, tu es une bonne mère ! Une maman comme toi, c'est à dire une « supermaman », ça n'oublie rien ; et surtout, une maman aussi fabuleuse n'utilise jamais la phrase aux vertus magiques : « j'ai pas fait exprès ! ».

Alors tu fulmines seule. Et si tu as le malheur d'en toucher deux mots à ton tendre époux, ce dernier agrémente la sauce en y ajoutant une épice aux vertus tout aussi magiques que la phrase fétiche de tes monstres : il y adjoint une dose de culpabilité en affirmant haut et fort :

« Si tu ne leur passais pas tout, aussi ! »

Et voilà, tu es encore un peu plus seule avec ta colère. Mais en ce qui concerne la dose de culpabilité que l'on vient de t'inoculer, tu fais un rejet total de ce produit ! Tu penses que les traitements aux forceps ne sont pas adaptés à tes petits, alors tu gardes ton calme et tu leur diffuses une éducation à dose homéopathique…! As-tu raison ? Ça tu l'ignores, mais de toute façon tu n'as pas reçu de notice à la maternité avec ton nourrisson, alors tu fais aveuglement de ton mieux !

Mais « J'ai pas fait exprès », sache que tes collègues peuvent aussi te le servir froidement (rappelle-toi de Mimi), et tout aussi hautainement et avec une syntaxe toute aussi fausse que tes petits démons ! Mais avec tes collègues tu ne laisseras pas passer le ton employé ni l'aspect misérable de leur excuse ! Eux sont adultes et tu n'es pas leur prof, tu ne les reprendras pas sur la construction de phrase. L'horrible syntaxe te fera mal aux oreilles, mais tu garderas le silence sur ce sujet. En revanche sur le fond, tu ne leur feras pas de cadeau ! Ainsi tu auras assouvi en une fois ton besoin de crier vengeance contre cette phrase leur servant d'alibi ! Ça suffit maintenant !

Mais T'inquiète ça pourrait être pire !

Top là…! (Ou le truc à ne pas faire !)

« L'idéal de l'amitié c'est de se sentir un et de rester deux. »
Anne-Sophie Swetchine

Si j'ai un conseil à te donner, n'écoute jamais une amie qui a de grandes idées. Ou tout au moins, écoute-la, mais ne t'engage pas à la légère, sinon tu peux le regretter !

Je m'explique (et comme d'habitude je te mets en situation.) Donc, c'est l'été, il fait chaud, tu es chez ton amie dans le sud de la France, il est 18h, vous vous asseyez pour boire l'apéritif à l'ombre d'un olivier. (Jusqu'ici tout est idéal !) Avant de sortir le jeu de cartes et de jouer à la coinche, vous grignotez quelques rondelles de saucisson, vous picorez quelques morceaux de fromages, et vous buvez un petit verre de rosé bien frais (le paradis sur Terre !) Et là, à cet instant précis, alors que rien ne pouvait laisser présager que le cerveau de ton amie puisse être en ébullition, elle te dit d'un trait : « Le 5 février prochain, il y a un trail dans mon village, tu verras c'est génial (elle fait une pause et t'observe) on s'inscrit? Allez top là ! » Et toi tu tapes dans sa main ! Tu t'engages… À ce moment précis, tu ne réalises absolument pas que le 5 février il va faire froid, qu'il te faut un minimum d'entrainement pour courir durant tout un trail (d'ailleurs tu ne sais même pas exactement ce qu'est un TRAIL !) Mais tu es contente, ton amie sourit, tu as validé ta présence en tapant dans sa main. Et s'il y a bien un truc que tu respectes c'est les contrats moraux que tu prends vis-à-vis de tes ami(e)s. Le week-end touchant à sa fin tu retournes chez toi ravie.

La vie reprend son cours normal, et tu occultes ton contrat moral. Erreur ! Une semaine avant ladite course, ton amie t'appelle afin que tu n'oublies pas de faire ton certificat médical avec option « course en compétition » ! Aïe… il fait moins quinze à l'extérieur, tu n'as pas été courir une seule fois et vu la météo tu ne vas pas commencer ton entrainement maintenant ! Te désister ? L'idée t'a effleuré, mais ta conscience t'empêche de jouer ce sale tour à ta copine ! Alors tu vas chez ton médecin généraliste pour obtenir ledit certificat ! Cette dernière te connaissant bien, et t'ayant déjà entendu dire qu'en matière de sport tu es plus croyante que pratiquante, elle s'étonne que tu lui demandes un truc pareil ! Mais tu insistes en lui disant que c'est pour faire plaisir à une copine, que de toute façon tu vas marcher…! Elle signe donc ta mise à mort, et te la tend en riant ! Elle rit toujours lorsque tu lui donnes 23 € pour la consultation qu'elle sait inutile, mais bon !

Nous sommes vendredi, la course a lieu dimanche matin à 450 kms de chez toi. Tu as fait ta valise, à savoir : ton équipement de ski (première et deuxième peau), pas le pantalon bien sûr, mais tu as tous les sous équipements ! (d'ailleurs tu n'as pas le choix, tu n'as aucun autre vêtement de sport !) Tu as également pris ton appareil photo, on ne sait jamais, si tu ne devais pas courir (une entorse de la cheville la veille du départ !) tu pourrais justifier ta présence par un reportage photo ! Mais au cas où tu n'aurais pas la chance de te blesser quelques heures avant la course, tu prends tout de même ton Camel bag ! Et là, tu cherches tes baskets ! Tu retournes toute la maison, mais rien ! Où se cachent-elles ? Est-ce un signe ? L'excuse serait pitoyable, non ? Tant pis, tu déniches une veille paire de chaussures de marche et tu la mets dans ton sac… De toute façon ce n'est pas la paire de chaussures qui fera la différence ! Te voilà prête, enfin pas physiquement nous sommes d'accord, mais ustensile ment, tu l'es…! (Précision, ce mot n'existe pas dans la vraie vie !)

17h le vendredi soir tu quittes ton domicile, et tu pars récupérer une copine (une autre folle qui a accepté de faire le trial !) Vous faites du covoiturage (pas sportives, mais écolos !). En chemin vous discutez de tout et de rien, mais surtout, pas de la course ! La préparation psychologique est également exclus du programme d'entrainement intensif que tu t'es fixé !

22h Vous voilà arrivées à bon port. Tout un groupe de filles vous attend pour diner. Elles ont commencé l'apéro il y a quelques heures, et plusieurs bouteilles de champagne jonchent le sol ! Elles aussi s'entrainent…! Vous dinez donc d'un repas léger pré-course : une raclette, le tout arrosé de vin blanc ! Puis vers une heure du matin (il est recommandé de se coucher tôt avant un exploit sportif !) vous allez dormir.

Le samedi, veille de la fameuse course, vous émergez vers midi, vous ne prenez pas le temps d'aller faire un repérage des lieux (de toute façon c'est inutile et en plus de çà il fait - 12°C !). Vous restez au chaud, une amie joue admirablement bien de la guitare, alors vous chantez (au moins vous échauffez vos cordes vocales, c'est déjà ça !) Le soir venu, vous prenez enfin en main le prospectus décrivant l'épreuve…! En fait tu devrais dire les épreuves, car tu découvres à ce moment-là qu'il n'y a pas une course, mais cinq courses possibles ! À quelle épreuve nous a inscrites notre hôte ?

Première possibilité, le Maratrail, départ 8h00 parcours de 42 kms, dénivelé positif 1400m (ah non, ça c'est utopique !) ; seconde éventualité, la Peyssine, départ 9h30 avec 25 kms à parcourir, dénivelé positif 800m (là encore je n'y crois pas !) ; troisième solution, le Coulazou, départ 9h00 et 16 kms de course, dénivelé positif 500 m (hum…!) ; quatrième solution, la Guariguette, départ 9h45 trajet : 11 kms et un dénivelé positif de 200 m…! (Nous sommes inscrites à cette course-là !!!) Mais tu t'aperçois qu'il y a une issue supplémentaire, la Pignanaise, gentille petite épreuve de 5 kms, avec un départ à 10h00, et portant la mention accessible à tous et qui plus est, aucun dénivelé positif ou négatif d'inscrit ! Tu n'es pas folle, ce parcours semble fait pour toi et totalement adapté à ton entrainement si durement imposé jusqu'ici ! Il est vrai que tu as tout de même fait quelque chose pour t'entrainer… En effet, tu as honorablement diminué ta consommation de tabac ! Alors 5kms te paraissent convenables.

Tu essaies de convaincre tes amies de modifier l'inscription et de s'engager sur l'épreuve des 5 kms, mais tu n'essuies que des refus, dommage ! Tu découvres à cet instant, que l'une d'entre elles a déjà participé et terminé une course nommée la diagonale des fous (le grand raid de la Réunion !), alors pour elle 11 kms c'est vraiment un jeu d'enfants et elle ne les fait que pour vous accompagner ! Tu abandonnes donc l'idée des 5 kms. Tant pis…!

21h00, le plat de pâtes à la carbonara achevé (il parait qu'il est conseillé de manger des sucres lents la veille d'un effort sportif !), vous allez à un concert… (Foutu pour foutu, peu importe l'heure à laquelle tu te couches…!) Minuit et demi, vous êtes couchées…

Dimanche matin… Le réveil sonne, et là tout le monde émerge immédiatement. Prendre une douche avant l'épreuve est grandement inutile, vous êtes neuf, il vaut mieux garder l'eau chaude du cumulus pour votre retour… Habillées, vous prenez un petit-déjeuner sportif : Tartines de beurre salé, jus de fruit fraichement pressés. Tout-à-coup, encore en pleine ébullition intellectuelle, votre hôte nous propose au choix : un plat de pâte au gorgonzola, ou/et une boisson fort douteuse : un cocktail à base de bière sans alcool, de lait concentré sucré et de red bull ! Point trop n'en faut, tu préfères ne pas surcharger ton estomac et tu te contentes de ton café sucré et de tes tartines de beurre salé.

9h30 Vous êtes prêtes, équipées de vos dossards (tu as le numéro 87 !), votre puce autour de votre cheville gauche (est-ce pour vous localiser en cas d'asphyxie au cours du trajet ?) et de votre bouteille de vin ! Eh oui contre toute attente, chaque participant(e) a droit à une bouteille de vin, sportif non ? Tu observes les autres coureurs, personne n'a revêtu les vêtements techniques de sa tenue de ski… Là tu te sens seule ! (Mais il est trop tard pour aller se changer et te toute façon ce n'est pas un défilé de mode !) Juste avant le départ, tu regardes de nouveau le déroulement de l'épreuve de la Guariguette : 9h45 départ, 11 kms, 200 m de dénivelé positif et là tu vois un truc aberrant, à savoir : 11h remise des récompenses pour l'épreuve de la Gariguette ! (Mais comment peuvent-ils remettre des récompenses à 11h, alors que tu n'auras pas encore franchi la ligne d'arrivée ! Tu seras certainement au premier point de ravitaillement !) Et là tes yeux lisent : Services, Kinésithérapeutes et ostéopathes (pour un massage tu veux bien courir ! finalement te voilà gonflée à bloc, à l'arrivée une personne habilitée prendra soin de ton corps !) Tu es prête ! Force et courage sont tes mots d'ordre…

124

9h45 Le coup de feu retentit, tu prends le départ. En moins de deux minutes, ta copine qui a déjà participé à la diagonale des fous est déjà hors de ton champ visuel ! Peu importe, l'important est de participer… Et tu participes. Tu es certes à l'arrière du peloton, en fait tu n'es pas techniquement à l'arrière, mais plutôt derrière celui-ci, mais en soi tu es là ! Ton corps souffre, tes muscles te brûlent, tu as mal. Pourtant jusqu'ici tout allait bien, le chemin était plat, les choses se compliquent lorsque tu attaques l'ascension de la première côte…! (Pour toi c'est l'Himalaya, pour les autres cela doit ressembler à une vulgaire bosse !) Bref tu n'es plus en plein trail, mais en plein trek, et tu ne sais pas où sont passés tes sherpas ! Tu es partie sans ton Camel bag, car tes copines t'ont assuré qu'il était inutile de s'alourdir. Tu n'as pas pris non plus ton appareil photo pour les mêmes raisons, il ne te reste donc plus qu'à courir ! De façon assez surprenante, une fois le stade de souffrance physique dépassé, certainement anesthésié par le froid (il fait tout de même -7°C) bien que tu aies chaud, ton corps se met à courir seul. Tu as une sensation surprenante, ton corps court de façon purement automatique (réflexe archaïque ?) et ta tête est déconnectée, aucune information de souffrance musculaire ne vient polluer ton cerveau. Ce dernier est là, au-dessus de tout ton pauvre corps en mouvement, et tu observes le paysage…! À cet instant, tu ne sais toujours pas pourquoi tu cours, mais ton corps s'exécute… Pas si mal ton entrainement finalement ! Au cinquième kilomètre, tu croises le premier point de ravitaillement, mais tu ne t'arrêtes pas : il ne faut pas désactiver la machine musculaire qui s'est mise en route. Tu penses néanmoins à ton ex-patron, qui court chaque année l'ultra trail de Chamonix environ 166 kms et 9400 m de dénivelé positif et qui fait ça en 34 heures ! Et tu te dis que là, au bout de 5 kms, il ne serait certainement pas encore chaud, alors que toi tu es en pleine liquéfaction ! (Est-il possible en tant qu'être humain de passer d'un état solide à un état aqueux? J'espère que non !)

11h20 Tu franchis la ligne d'arrivée. Tu récupères le tee-shirt technique donné à chaque finisher et tu le mets immédiatement, tu es fière ! Certes tu n'as pas pu assister à la remise des récompenses des participants à la course de la Guariguette, normal à ce moment-là tu courais encore…! Mais tu es là, vivante, fatiguée et tu te diriges vers le gymnase des Kinésithérapeutes… Tu abandonnes ton corps meurtri aux mains expertes d'un de ces hommes. Tu souffres en silence et tu écoutes les commentaires de tes voisins de brancard. L'homme à ta droite vient d'achever le parcours de 25 kms et il a l'air en forme, la femme à ta gauche arrive du trajet des 16 kms et elle déborde encore d'énergie… Peut-être ont-ils bu le mélange barbare que ton amie t'a proposé ce matin ? Ou autre éventualité, se sont-ils entrainés ? Quoi qu'il en soit, ils sont là, et toi aussi !

12h00 Tu laisses couler l'eau chaude de la douche sur ton corps et tu te fais la promesse que plus jamais tu ne taperas dans la main d'une de tes copines, oh non plus jamais !

12h45 Tu descends déjeuner. Isa (qui a déjà couru la diagonale des fous) rit de vous voir HS ! Vous ressemblez à des baleines échouées sur le rivage… Une montagne de crêpes vous appelle, le pot de Nutella vous tend les bras, mais tu réalises que tu n'as pas faim ! Tu t'effondres sur ta chaise, et tu bois un café ! Isa insiste pour que tu fasses des étirements, mais là encore ton corps refuse de t'obéir, enfin non, de lui obéir… (Tu le regretteras amèrement le lendemain !) Pour l'heure des muscles dont tu ne soupçonnais même pas l'existence au sein de ton enveloppe charnelle te font souffrir. (Tu regrettes de ne pas avoir été plus attentive à tes cours d'anatomie !)

15h00 Tu rentres chez toi ! En trajet tu remercies l'inventeur du régulateur de vitesse (eh oui, grâce à lui pas besoin d'exercer une pression permanente sur l'accélérateur). Tu prends néanmoins le temps de faire certains ratios. Tu as fait 11 kms en 1h40 tu as donc couru à la vitesse de 6,6 kms /h et tu as fait 200 m de dénivelé positif, soit 18,2 m de dénivelé par kilomètre parcouru. Et là tu pousses le vice et tu compares ta prestation (magistrale…!) à celle de ton ancien Big Boss (qui fait annuellement l'UTMB je le rappelle) et qui parcourt donc 166 kms en 34 heures, ce qui revient à faire du 4,88 kms/h. Bon d'accord, il doit également faire face à 9400 m de dénivelé positif , soit 56,6 m de dénivelés par kilomètre parcouru (3 fois plus que toi) le tout dans des conditions un peu plus extrêmes que celles dans lesquelles tu as évolué. Mais en soi tu es fière de toi, tu as fait une belle prestation ! Il te faudra tout de même un peu (même beaucoup…) d'entrainement pour te risquer à affronter le mythique ultra-trail du Mont-Blanc ! Alors respect à tous les participants de cette course de l'extrême, et restons réaliste : 11 kms suffisent à ton organisme d'athlète ! (hum…)

20h00 Tu dors…

L'an prochain ? Non, tout bien réfléchi, tu n'iras pas tenter les 16 kms… Oh non ! Et d'ailleurs :

Mais T'inquiète ça pourrait être pire !

Les amis

« La grande différence entre l'amour et l'amitié, c'est qu'il ne peut y avoir d'amitié sans réciprocité. »

Michel Tournier

« Les amis : une famille dont on a choisi les membres. »

Alphonse Karr

Heureusement qu'ils sont là ! Toujours prêts à t'écouter, te soutenir même si parfois pour t'épauler ils disent des trucs aberrants, mais qu'importe, ils le font parce qu'ils t'aiment… Eh oui sache que même si ta vie est un enfer, que tu n'es qu'une femme (sous-titre), une mère (rappelle-toi les 10 commandements), une épouse (ta faiblesse), une propriétaire (d'un emprunt), une voisine (pas évident d'accéder à une grotte chaque soir!), une marâtre (Si, tu as osé prendre un homme avec un passé!), une cadre (avec un grand placard et une belle fenêtre), une personne généreuse qui a métamorphosé sa vie professionnelle en ring de boxe où tous les coups sont permis! Une future retraitée sans le sou, et bien tu as quand même des amis.

Et eux ils sont là pour le meilleur et pour le pire ! Certes, les amis de cet acabit, tu n'en as pas trente-six, d'ailleurs personne n'en a autant, et il y a une bonne raison à cela : c'est qu'une amitié pure et sincère, c'est rare et précieux, d'où son importance. Pour eux tu es prête à toutes les folies (même à courir tout un trail en plein hiver !), et tu sais que cet engagement est réciproque. Alors tu donnes sans compter, tu t'investis coûte que coûte, et tu restes toujours positive à leur égard. Par moment ils sont ta seule source de motivation, tu les aimes sincèrement. Et même si tu le leur dis régulièrement et qu'ils te le disent peu, tu le vois dans leurs yeux, et un regard, ça ne trompe pas ! Par moment, ils sont également les seuls qui osent te dire tes quatre vérités, et ils ont raison de le faire (même si sur l'instant c'est difficile à entendre). Ainsi ils t'empêchent de te laisser dévorer dans cette jungle au sein de laquelle nous évoluons tous. Ils ne sont pas toujours tendres, mais ils sont toujours honnêtes, alors tu acceptes leurs propos même si la forme employée est difficile à admettre ; tu réfléchis sur le fond, et tu sais qu'ils ont fait cela pour ton bien, parce qu'ils n'ont aucune raison personnelle de le faire ; ils ont voulu te secouer pour que tu ouvres les yeux, et ce parce qu'ils t'aiment vraiment !

Et puis il y a les faux amis, mais les bons acteurs ! Il y a ceux qui se servent de toi, qui te font miroiter une amitié sincère, et tu tombes dans le panneau ! Toi qui es un être gentil et inconscient, qui ne souhaite faire de mal à personne, pas même à l'horrible chien du voisin qui urine sur ta voiture et aboie devant ta porte le dimanche matin, non pas même à lui ! Alors cet ami-là tu ne le vois pas arriver avec ses petits souliers, il est même habile cet homme, je peux même t'affirmer qu'en matière de machiavélisme il n'a pas les deux pieds dans le même SABOT...! En général celui qui est faux a également une apparence assez inoffensive. Tiens représentons-le, telle la chimère dans la mythologie grecque, cette créature fantastique composée de plusieurs animaux. (Elle est généralement décrite comme ayant une tête de lion, un corps de chèvre et une queue en tête de dragon, crachant du feu et dévorant les humains.) De façon imagée, notre faux ami qui vient pleurer chez toi, car il divorce pour rejoindre celle qui est depuis trois ans sa maitresse, qui débarque avec ses trois enfants, car il est au bord du gouffre, et que tu accueilles et nourris régulièrement peut être comparé à deux animaux bien précis. Ce type-là ressemblerait à un corps de caméléon avec une tête d'anguille, mais aurait également la capacité de dévorer les humains ! Et ça bien sûr tu ne le vois pas, tu ne le soupçonnes même pas ! Alors tu es prévenante avec lui, tu le conseilles, tu lui viens en aide de façon concrète jusqu'au jour où (encore celui-là !), où, tu apprends un truc invraisemblable, mais étayé de tellement de faits réels et avérés ! Et là tu t'effondres, encore. Mais comment est-ce possible ? Lui qui venait chez toi une à deux fois par semaine, lui qui te confiait ses problèmes et à qui tu confiais naïvement les tiens, lui qui critiquait ses collègues et la direction (qui sont aussi les tiens), jouait en fait un double jeu ! Il alimentait les gens de terrain sur ta façon de vivre, il détournait la vérité et te transformait en monstre à deux-têtes auprès de tes collègues. Toi qui as pris soin de ses enfants, il te faisait passer pour une mère indigne et égocentrique. Cet homme, tu pourrais maintenant lui faire du mal, mais tu es un être intelligent, tu ne feras rien tant qu'il ne sera pas une nouvelle fois sur ton chemin ! Mais ce jour-là, qu'il fasse attention, car tout en restant correcte et civilisée, tu auras la phrase qu'il faut pour lui rendre la monnaie de sa pièce ! Tu n'es pas ou plus persuadée que chaque chose se paie un jour, alors le moment venu, tu aideras le destin, il ne s'en tirera pas impuni, il subira tes critiques acerbes, mais franches, tout comme tu as été victime de ses mensonges et de ses propos outrageux et malhonnêtes ! Ah la mémoire féminine…

Après tout relativisons, et tout le monde sait qu'il n'y a que dans les moments sensibles de notre vie que nous avons la possibilité de faire un peu de tri. En fait, ce nettoyage se fait naturellement. La nature profonde des hommes revenant au galop dans l'adversité, l'éviction naturelle des éléments néfastes se fait progressivement avec le bénéfice du temps, au profit d'une préservation spontanée des gens qui sont réellement précieux et importants.

Mais T'inquiète ça pourrait être pire !

Victime !

« Je pouvais alors voir le monde comme si j'étais la malheureuse victime d'un voleur, ou comme si j'étais l'aventurier à la recherche d'un trésor. »

L'Alchimiste, Paulo Coelho

Dans cet écrit, je vais transgresser la règle fixée. J'ai envie de pousser un cri de colère contre ces victimes qui peuplent nos rues, contre ces martyrs sociaux !

N'as-tu jamais remarqué que tu es entouré(e) de personnes qui s'estiment être des victimes…? Victime de quoi ? Eh bien de tout ! Autour de nous, il y a des êtres humains qui subissent leur vie, qui sont incapables de réaliser qu'ils sont acteurs de leurs agissements, et que de ce fait ils doivent assumer les conséquences de ce qu'ils disent ou font ! Et bien ces personnes, persuadées d'être des victimes, se sentent en permanence persécutées par les autres ! Elles se croient gentilles et innocentes, de vraies oies blanches ! Mais elles sont comme toi et moi, responsables des conséquences de ce qu'elles entreprennent, cependant elles l'ignorent… Alors que nous évoluons dans un univers gazeux, tu peux t'apercevoir que ces victimes vivent dans un univers aquatique. Eh oui, nous sommes entourées de poissons rouges à l'air niais et au caractère inconsistant !

Et des martyrs il y en a partout…

Tes voisins estiment que leurs actes sont sans conséquence et que tu leur veux du mal. Ils monopolisent tout l'espace de stationnement ce qui a pour conséquence de t'exaspérer... Et bien les poissons rouges que sont tes voisins, ne focalisent que sur ta colère, et n'arrivent pas à faire le rapprochement avec les places occupées... Ils se sentent donc victimes de ton courroux ! (Poisson-victime)

Ta collaboratrice (Mimi) pense que si tu la reprends sur ses erreurs, c'est que tu es un être méchant et en aucun cas elle ne fait le rapprochement avec la cause de ton mécontentement ! (Poisson martyr)

Et je pourrais continuer, mais en soi tout ou presque est inscrit dans les pamphlets de ce livre.

Ce bref coup de colère est destiné à tous ces gens qui se croient parfaits, à toutes ces personnes qui ne sont pas aptes à s'autocritiquer et à remettre leurs actes ou paroles en question...! Alors à ces gens, je veux leur dire : « Vous ne l'êtes pas ! Si vous pensez que quelqu'un vous en veut, chercher la cause de la colère de cette personne, arrêtez de croire que vous n'avez rien fait. Vous n'êtes pas un être irréprochable, vous commettez des erreurs ou des actes qui empoisonnent la vie des autres, alors commencez à vous remettre en question et faites une analyse critique complète avant de vous plaindre ! La solution à votre problème est souvent en vous... Arrêtez d'accuser la Terre entière d'être responsable de vos malheurs, cette méthode est exclusivement utilisée par les faibles. Regardez-vous dans une glace, voyez-vous une auréole au-dessus de votre tête ? Non, il n'y a rien... Vous n'êtes pas des anges ! Alors arrêtez votre cirque, vous fatiguez vos semblables. Réveillez-vous, vous n'êtes ni pire ni meilleur que les autres, je vous offre un scoop : vous êtes imparfaits, pénibles et égocentriques, en bref vous êtes un être humain, alors laissez-nous tranquille et peut-être qu'en arrêtant de vous plaindre la vie vous paraitra plus belle… »

Qu'en penses-tu cher lecteur ou lectrice ? N'as-tu jamais été confronté(e) à cette espèce de poisson rouge ? Si ta réponse est non, je peux t'affirmer que tu as une chance inouïe. Si ta réponse est oui, sache que je sais quel calvaire tu vis (car dans mon entourage il y a tout un banc de poissons rouges !), et j'espère que le message que j'ai adressé à ces « victimes » te convient… J'espère avoir été un porte-parole éloquent ! Ce que j'ignore c'est l'attitude qu'il faut adopter face à cette population aquatique. La colère ne sert à rien, elle ne fait que légitimer leur statut de martyr. L'indifférence est tout aussi inutile, car une victime non reconnue est encore plus pénible. Frustrée d'être ignorée, elle tempête afin que sa situation soit de notoriété publique et qui plus est, elle a une forte propension à l'exagération… Reste la tristesse, mais cette dernière ne fait que conforter la victime dans sa position et de plus cette attitude t'est néfaste ! Non, sérieusement je ne vois pas quelle est la bonne position à adopter, as-tu une suggestion ?

Mais T'inquiète ça pourrait être pire !

Le travail intérimaire ou la déclaration de guerre…!

Précarité de l'emploi, mais Sécurité d'être abusé et manipulé !

As-tu déjà travaillé par le biais d'une entreprise d'intérim ?

Si ta réponse est « oui » : dommage car je risque de ne rien t'apprendre (mais peut-être vais-je te faire sourire...!) ; cependant si ta réponse est « non », alors lis attentivement ces quelques lignes car celles-ci peuvent-être utiles, voire te prémunir de certains déboires…C'est en soi une sorte de note d'avertissement ! Un WARNING !!!!!

Sache que le principe de l'intérim est le suivant : une entreprise détient un réseau de connaissances ayant des compétences diverses, et qui sont sans emploi fixe et stable. En fonction de leurs clients qui émettent des besoins de personnel supplémentaire et ce de façon ponctuelle, les employés de l'entreprise d'intérim mettent en lien le Responsable des Ressources Humaines de l'entreprise en recherche de personnel avec la personne ayant le profil le plus en adéquation avec les besoins exprimés par son client. Donc ton employeur est l'entreprise d'intérim (Détail certes, mais qui est très important…!)

Tu te rends donc à ton entretien d'embauche… Ce dernier se passe comme n'importe quel entretien, au bémol près que le recruteur auquel tu te présentes, ne t'informe pas si tu es retenu(e), il en informe son fournisseur (la boite d'intérim) qui est ton patron potentiel. Lors de cet entretien, tu as défini avec le RH tes conditions de travail (horaires, salaire...) et tu es reparti(e) serein(e)... C'est là que tu as eu tort ! M de B... de la boite d'intérim t'appelle et te félicite car tu as subjugué le recruteur, et que ce dernier t'a choisi(e)... Petite veinarde ! Ce qu'elle ne te dit pas c'est qu'elle est ravie car grâce à toi (entre autres) elle va être davantage commissionnée ce mois-ci, par contre elle t'informe que tu commences lundi, que tu n'as pas besoin de t'inquiéter : elle s'occupe de te faire parvenir ton contrat de travail...! Là tu es ravie (profites-en bien, car ça ne va pas durer !), et pour couronner le tout tu diffuses ta joie à qui veut bien l'entendre...

Lundi matin, tu es sur le pont heureux (se) et motivé(e), tu débutes ta mission d'intérim, ce qui a pour conséquence de t'enchanter...Tu n'as pas encore reçu ton contrat récapitulant ce que tu as négocié, mais tu es confiant(e). Je te fais néanmoins grâce de l'état de fatigue dans lequel tu retournes chez toi le premier soir, étant donné l'overdose d'informations dont tu as été abreuvé(e)... La journée du mardi se passe également correctement, enfin jusqu'au retour à ton domicile. Là tu ouvres la boîte aux lettres qui contient ton contrat de travail, et tu lis... Progressivement tes yeux s'écarquillent, ta respiration s'accélère, tes mains deviennent moites, tes joues s'empourprent, des larmes envahissent tes globes oculaires, tu es en colère ! Que dis-je ? Tu es furieux (se), un tsunami de sentiments afférents au registre de la fureur déferle sur ta petite personne. Te contenir ? Tu essayes mais tu y parviens mal, pour ne pas dire que tu n'y arrives absolument pas. Tu as envie de hurler contre ton employeur (la boîte d'intérim) mais à cette heure tardive, tu pourras émettre autant d'appels que tu le veux, personne ne te répondra. Pourtant vu l'ampleur de ta colère, que tu ne peux désormais plus contenir, tu as besoin de trouver une âme charitable pour t'épancher. Et là, tu n'as pas trente-six issues, mais seulement trois (ce qui n'est déjà pas si mal) : tes amis, tes parents ou ton conjoint ! En choisir une est décidemment trop difficile pour ton esprit actuellement focalisé sur l'injustice qui te frappe. Tu décides donc d'ameuter le ban et l'arrière-ban… Une heure plus tard, tout ton petit univers est alerté de ta situation. Tous t'ont prodigué leurs conseils, mais ta colère est toujours omniprésente. Tu ne fermeras pas l'œil de la nuit, tu rumineras le contenu de ton contrat de travail, à savoir :

1/ Tu n'es plus cadre, mais ouvrière

2/ Le salaire net demandé est devenu le salaire brut indiqué ! D'ailleurs ton salaire est indiqué suivant un taux horaire… Toi qui as toujours été cadre tu n'avais jamais vu cela ! Tu es habitué(e) à voir indiqué une somme forfaitaire. Donc avant de réaliser que le contrat n'était pas en adéquation avec la négociation, tu as dû procéder à divers calculs. Et même si tu as fait et refait les opérations une multitude de fois, pas d'erreur, le salaire que tu vas percevoir n'est pas celui qui devait créditer mensuellement ton compte bancaire !

3/ Afin d'avoir le salaire net désiré tu ne devras pas travailler 35 h/semaine mais 45 h, et ajouter à cela les indemnités de fin de contrat…

4/ Le contrat prévu pour une durée de six mois s'est transformé en contrat ayant une durée de 15 jours renouvelables !

5/ Tu vas être payé(e) le 12 de chaque mois… ça personne ne t'en a préalablement averti(e)… Que faire ?

1/ Tu vas appeler un à un tes créanciers et les informer qu'ils seront payés avec onze jours de retard !

2/ Ce qui serait plus drôle, tu ne dis rien et tout comme la boîte d'intérim, tu les prends en otage financièrement…! Restons lucide, qui es-tu pour faire cela à EDF, France télécom, etc…? Personne ! Il te reste donc que la solution numéro 3.

3/ Tu vas être à découvert sur ton compte bancaire durant quelques jours…, et tu paieras des agios, mais tu garderas le sourire !

Cependant, après de longues tergiversations tu prends la décision de partir en guerre !

6h00 : Ton réveil sonne. Tu te prépares minutieusement, tu ingères un litre de café (ce dernier n'a pas vocation de t'exciter, ça tu l'es suffisamment, non il a pour objectif de te tenir éveillée toute la journée, car tu commences à ressentir la fébrilité de ton organisme, et oui tu n'as plus 20 ans…!)

7h00 : Tu quittes ton domicile, tout en conduisant tu fais et refais la discussion avec ton patron.

7h30 : Tu prends tes fonctions, tout en essayant de sourire (tes collègues et l'entreprise pour laquelle tu exerces ton activité ne sont pas responsable du chaos qui règne dans ta tête !)

8h30 : Tu t'octroies une pause-café (ça y est tu en es à 1litre et demi…), armée de ton téléphone portable. Là, à l'abri des regards et oreilles indiscrètes, tu composes le numéro de téléphone de ton employeur (la chef de la boîte d'intérim, M de B…).

8h31 : Elle décroche. A peine as-tu décliné ton nom, que tu incendies ton interlocuteur. Graduellement, ta colère diminue.

Au fur et à mesure que tu « vides ton sac », la voix de ton interlocuteur se durcit, mais toi tu vas de mieux en mieux… Et à ce moment-là tu assènes à cette voix, le coup fatidique, à savoir que si elle ne modifie pas immédiatement ton contrat, tu quittes l'entreprise sur le champ, car le contrat de travail que tu as reçu tu ne l'as pas signé (pas folle la guêpe !), tu l'as déchiqueté et violemment jeté à la poubelle…! Et tu raccroches sans attendre ton reste.

8h40 : Tu retournes tout sourire à ton poste. Une guerre interne naît. Une partie de toi est heureuse d'avoir pu s'affirmer, mais l'autre partie meurt de peur de devoir se remettre à la recherche d'un nouvel emploi, d'une nouvelle source de revenus (et oui, tu es comme le commun des mortels, tu as des factures à honorer !)

9h45 : Le chef du personnel qui utilise tes compétences te convoque dans son bureau. Il te questionne sur ce qui ne va pas, car il a entendu dire (par l'entreprise d'intérim) que tu étais mécontent(e) et que tu menaçais de t'évaporer dans la nature… Tu le rassures en l'informant que ton travail te convient, et qu'il est étranger à la déclaration de guerre qui a eu lieu plus tôt dans la matinée. Cependant, tu lui exposes le problème (il t'a tout de même convoqué(e) pour connaitre les raisons de ta colère !) mais tu relates les évènements de façon factuelle (tu t'abstiens de dire que tu as déjà ameuté la moitié des gens résidants dans le département et que ces derniers sont prêts à venir manifester à tes côtés !)

10h30 : La sonnerie de ton portable retentit. Tu jettes un regard coupable à tes collègues, et tu quittes la pièce en t'excusant. Une fois isolé(e), tu décroches et là tu écoutes la chef de l'entreprise d'intérim qui t'emploie, notre chère M de B…! Elle a reçu un appel du responsable RH, et elle va accéder à ta requête à savoir : respecter les termes initialement prévus. Tu ne la remercies pas (si elle avait été préalablement correcte tu aurais évité de frôler l'ulcère de l'estomac !) non, tu la salues, et tu te remets à travailler, mais cette fois tu exerces ta profession sereinement et même en affichant un sourire radieux, tu as gagné, tu as été respecté(e)…

Ce qui aurait dû être normal et couler de source, a été obtenu en luttant, mais finalement tes droits n'ont pas été bafoués. Tu resteras cependant, et ce durant la durée du contrat de travail, une employée ayant un statut d'ouvrière, avec un contrat indiquant un taux horaire de rémunération. Tu seras à découvert en début de mois, car la possibilité de percevoir ton salaire (fruit de ton labeur) avant le 12 du mois suivant, n'est qu'utopique, mais tu percevras bien la somme initialement négociée, et en salaire net !!!! Soyons positifs (ives) et voyons le verre à moitié plein, ce n'est déjà pas si mal ! Toutefois, tu tireras la morale suivante de cette histoire :

Plus jamais tu ne travailleras pour une entreprise d'intérim, ou tout au moins tu ne débuteras plus le travail pour lequel tu as été retenue avant d'avoir lu et entériné le contrat…! La confiance n'exclut pas le contrôle (et là, tu n'as plus confiance, alors ce ne sera pas un contrôle, mais une autopsie du futur potentiel contrat !)

Mais T'inquiète ça pourrait être pire !

L'alternative ou les alternatives… !

« Le travail de la pensée ressemble au forage d'un puits ; l'eau est trouble d'abord, puis elle se clarifie. »

Proverbe chinois

Et si nous les femmes en faisions un peu moins ? Et si nous évoquions de façon factuelle les difficultés rencontrées sans soumettre la possibilité d'un début de solution ? Alors peut-être que ces messieurs commenceraient à s'investir, car ils verraient qu'il y a une place à prendre. Materner ces hommes en anticipant les problèmes familiaux, ne conduit qu'à les déresponsabiliser de ces derniers, et n'a pour conséquence que de nous surcharger, de nous mener à notre tombe de femme, et ce par suffocation ! En soi, une mort lente et douloureuse… ! Faisons en moins, et laissons ces pères assumer. L'esprit de sauvegarde de l'espèce existe aussi en eux, s'ils sont obligés de se pencher sur ces problèmes, alors ils réagiront, que ce soit de gré ou de force ! Ils ne sont pas insensibles à leur progéniture qui perpétue leur nom de famille, alors ils réagiront, mais pour cela il faut d'abord que nous réagissions !

Idem pour nos employeurs. Si nous arrêtions de culpabiliser en quittant chaque soir notre travail vers 18h00, et si dans un même temps leurs épouses (les femmes de nos chers patrons !) se révoltaient, et qu'ils devaient un peu assumer leur progéniture, alors notre horaire de départ ne serait qu'un fait banal, et plus un fait honteux ! Nous pourrions peut-être ainsi aller avec ses messieurs à la machine à café (après la réunion du lundi 9h00) et parler des solutions trouvées (à qui parfois, on pourrait même donner notre nom de jeune fille !) Et dans un même temps, ces messieurs nous exposeraient leurs difficultés à capter l'attention de leurs filles de 13 ans, lorsqu'ils tentent de leur expliquer le théorème de Pythagore, alors qu'elles ont pour seul intérêt les petits voyous du collège…!

Et ainsi nous ne serions plus vues par le prisme de la femme-objet, à qui ils se doivent d'inculquer les bonnes manières, les règles de vie en société. Nous serions alors considérées ou considérables à notre juste valeur… Car nous avons une vraie valeur ! Nous ne sommes pas que des incubateurs de nourrisson, nous sommes également des êtres capables de penser, d'organiser et de diriger ! Nous ne sommes pas uniquement là pour souffrir et aimer…

À l'amour… Qu'il est horrible d'être quittée, abandonnée et reniée par son conjoint, même si tu n'aimes plus vraiment ce dernier. Être quitté est atroce. En réalité, (et je dis cela, pour les couples ne perdurent plus que par la force de l'habitude) ce n'est pas le fait de ne plus être avec l'autre qui est réellement gênant, c'est le fait que l'autre puisse t'envoyer en pleine figure qu'il ne veut plus de toi, que tu n'es plus assez bien pour lui ! Narcissiquement c'est une bombe ! Psychologiquement un Tsunami. Financièrement une descente aux enfers. Moralement, la traversée du désert de Gobi !

Mais après l'impact initial, pour guérir et ainsi te relever (plus forte) et ne pas perdre le contrôle, qu'y a-t-il de mieux que d'enterrer la hache de guerre et de faire de ton ex et de sa nouvelle compagne des alliés ? Réfléchis-y quelques instants… Si tu restes en état de guerre avec ton ex (l'horrible homme qui a osé te quitter) alors ta vie ne sera pas en soi plus aisée. Être maline consiste à certes ne pas oublier ce qui s'est passé, ne pas pardonner (peut-être), mais à prendre de la hauteur ! En effet, si tu n'es pas en conflit avec cet homme qui a osé te jeter, et comme tu as la garde de ses petits, tu peux intelligemment manœuvrer. Ne pas être en guerre, revient à pouvoir assumer à quatre (toi et ton nouveau compagnon, le géniteur et cette nouvelle femme… !) les contraintes inhérentes aux enfants. Mais en te laissant l'avantage suprême, car tu es la mère, celle chez qui les petits résident ! Alors parle, construit ton puzzle, retourne à ton avantage cette situation, mais sache qu'être martyr n'est que peu de temps valorisant et utile ! Un martyr finit par lasser l'entourage, et délaissée, de tous (sauf des autres femmes qui sont dans le même cas que toi et toutes aussi brulées à vif que toi !) Et puis il y a les enfants…. Une mère malheureuse n'a leur préférence qu'un temps, ensuite elle devient considérée comme dépressive et ennuyeuse. Sois plus maline, voire plus maligne…! Et dans le pire des cas, si tu n'arrives pas à lier un lien cordial avec ton ex, ignore-le, le résultat sera toujours meilleur que les conséquences d'une guerre ouverte, tant pour toi que pour tes enfants !

Après réflexion, tu as également une attitude qui puisse être considérée comme adorable, mais qui t'est préjudiciable ! Tu anticipes trop et tout. Eh oui, si au lieu de t'occuper de tes voisins, de tes collègues, avec tes habitudes de maman poule, si tu les laissais vivre, tu te faciliterais considérablement la vie. Je sais, tu es ainsi faite, tu as besoin de tout gérer. Mais à force d'anticiper les problèmes de gens de ton entourage, et de trouver des solutions en amont (avant même qu'ils se soient rendus compte qu'un pépin allait leur tomber dessus) et bien tu fais d'eux des assistés, ils ne voient jamais ce que tu leur as évité, car ils n'auront jamais été réellement confrontés au problème, ils ne te seront jamais reconnaissants (puisqu'ils ignorent qu'ils encouraient un danger….) et ils ne pourront jamais réaliser à quel point tu as été efficace. Tu seras perpétuellement frustrée, car tu ne liras pas dans leurs yeux la reconnaissance à laquelle tu as droit. Attends qu'ils soient demandeurs ! Attends qu'ils pataugent dans la semoule et qu'ils crient à l'aide, et pendant ce temps : Préserve-toi ! Je ne dis pas qu'il te faut vivre en ermite (on a vu qu'une grotte de nos jours ce n'est pas si évident à trouver), mais une chose est sûre, la personne la plus importante au fond, c'est toujours toi ! Alors, donne à cet être important que tu sois, la possibilité d'être heureux et épanoui !

Sois également une fourmi, tant au niveau de tes proches que de tes sous ! Les seuls vrais trésors qui te permettront de bien vivre tes vieux jours, seront ceux que tu as patiemment mis à l'abri toute ta vie durant. Tes amitiés sincères, tes amours (homme et enfants), et les petits euros mis de côté un à un. Ne compte que sur toi pour réaliser de bons investissements de vie… La société t'aidera partiellement, mais te jugera aussi, alors anticipe pour toi, construit ton cocon et équipe-le de tout l'amour et de toute l'amitié sincère que tu puisses trouver, car ça tient chaud les soirs de solitude ! J'ai souvent demandé à ma grand-mère pourquoi elle n'avait pas un bien immobilier plus grand et pourquoi elle avait autant d'argent sur ses comptes bancaires. Elle m'a toujours répondu qu'elle préférait habiter une petite propriété pleine de monde plutôt qu'un palais vide. Et que son argent elle ne l'emporterait pas avec elle dans l'autre « monde », alors il attendait sur son compte de pouvoir être utile à elle ou aux gens qu'elle aime. Pourquoi n'est-on si sage que lorsque nous sommes âgés ?

Bref, profite, vis, et occupe-toi bien de toi et de ceux qui te sont chers, préserve-toi un peu et laisse les autres assumer leurs responsabilités. N'écoute que ceux qui te veulent du bien et sache que pour tout le reste :

Mais T'inquiète ça pourrait être pire !

Voilà,

Cher Lecteur ou chère Lectrice,

Tu viens de partager avec moi au travers de ces quelques pamphlets, certaines de mes expériences, de mes constats, ou de mes éprouvés. J'espère que le voyage fut dépaysant, peut-être même drôle, et que tu as passé un agréable moment en ma compagnie. Néanmoins, nous ne sommes pas dans une agence de voyages et il n'y a malheureusement pas de questionnaire de satisfaction…. Je ne pourrai donc pas connaitre ton ressenti, mais je peux te donner le mien : « Tu as été un compagnon (compagne) de voyage fort agréable, et savoir que j'ai pu ne serait-ce que partager un peu de ton temps et probablement te faire rire ou même sourire, me réjouit. Je ne pense pas détenir la vérité, à l'instar d'autres personnes, mais sache que tu as par moment visité ma vie comme d'autres visitent les vestiges d'une guerre. Lors de ta lecture, tu as croisé des gens que j'ai réellement connus, et qui peut-être se reconnaitront en lisant ce livre. Mais quoi qu'il en soit j'ai pris soin que personne ne soit identifiable ne serait-ce que par son prénom, son âge ou une quelconque description physique. Il ne leur reste que leur conscience ou leur mauvaise conscience pour penser : « mais c'est de moi qu'elle parle, cette…! » Alors je le redis, cette version est la mienne, et mon point de vue n'engage que moi. Alors, si je vous ai choqué et au risque de vous heurter d'avantage (j'en suis néanmoins désolée), à moi d'utiliser la sacrosainte phrase :

Ce n'est pas grave ! »

Bonne continuation à toi, sois fort(e), car même si rien n'est grave pris individuellement, il se trouve que superposés, ces petits : « ce n'est pas grave » deviennent plus infranchissables que l'Himalaya.

De façon générale, lorsque tu exposes un problème à autrui, cette autre personne (certainement pleine de bonnes intentions) te fournira les solutions potentielles à ton problème. Mais en faisant cela (et en pensant t'aider) cette personne occultera inconsciemment ton mal-être et toi tu n'entendras que : « il y a des solutions, alors ton problème, ce n'est pas grave, il ne faut pas te plaindre ! » À ce moment il faut dire STOP, le crier même ! Oui les solutions existent, mais toi tu veux que l'on te prenne dans les bras et que l'on te soutienne pendant que tu pleures, tu veux être reconnu(e) comme un être ressentant. Et après tu seras assez forte pour affronter les difficultés qui s'imposent à toi tu demandes ne serait-ce qu'une fois que l'on reconnaisse que si tu souffres : c'est grave !

Et puis, le jugement de nos semblables est certes bon à prendre, mais souviens-toi, fais-le avec parcimonie. Nos semblables sont comme nous, ni pire ni meilleur, ils font leur possible pour être heureux, ils ne détiennent pas plus que toi la vérité, leur jugement n'est en aucun cas force de loi…! Alors si tu n'es pas d'accord avec eux, sache que là, « ce n'est pas grave ! » D'ailleurs nos semblables sont comme nous, en fonction de ce qu'ils vivent ils sont capables de tout et de son contraire ! Il n'y a que toi qui sois apte à juger de ce qui est grave ou non en ce qui te concerne, car la personne la plus importante au fond, c'est toujours toi !

Et même si tu commets des erreurs, que tu fais des impairs, tant que tu n'as pas mis la vie d'une personne en danger, que tes actes ou tes paroles n'ont pas métamorphosé l'existence de quiconque, alors une fois de plus : « ce n'est pas grave ! » Vis donc ta vie, préserve-toi et laisse vivre sereinement tes semblables. Et si tu as un coup de blues ou de colère et que, par le plus grand des bonheurs, un de mes chapitres que tu viens de visiter peut te faire du bien, sache qu'il est à ta disposition pour être lu et relu à volonté.

Bonne continuation…

Érine

Sommaire

L'entretien d'embauche   p.13

L'adolescence ou la Naissance d'une maman.   p.18

L'égalité des sexes   p.23

Le Pygmalion   p.27

L'amour au travail ou l'enfer des collègues…   p.43

La solitude d'un chef et ses rapports avec
ses collaborateurs (- rices)   p.56

Pourquoi faire travailler une connaissance ?   p.62

La vengeance du Pygmalion   p.69

La retraite   p.77

Devenir propriétaire…   p.83

Les voisins   p.88

Divorce (s)   p.95

La mère biologique et la marâtre   p.103

Le père biologique divorcé et la belle-mère
de ses petits !   p.113

J'ai pas fait exprès !   p.117

Top là…! (Ou le truc à ne pas faire !)   p.120

Les amis   p.128

Victime   p.132

Le travail Intérimaire ou la déclaration
de guerre…!   p.135

L'alternative ou les alternatives…!   p.141

Voilà,   p.146